月光下的背叛

[奥]贝琳达/著
[德]乌特·西蒙/绘
王子彬　陈贝佳/译

天津出版传媒集团
新蕾出版社

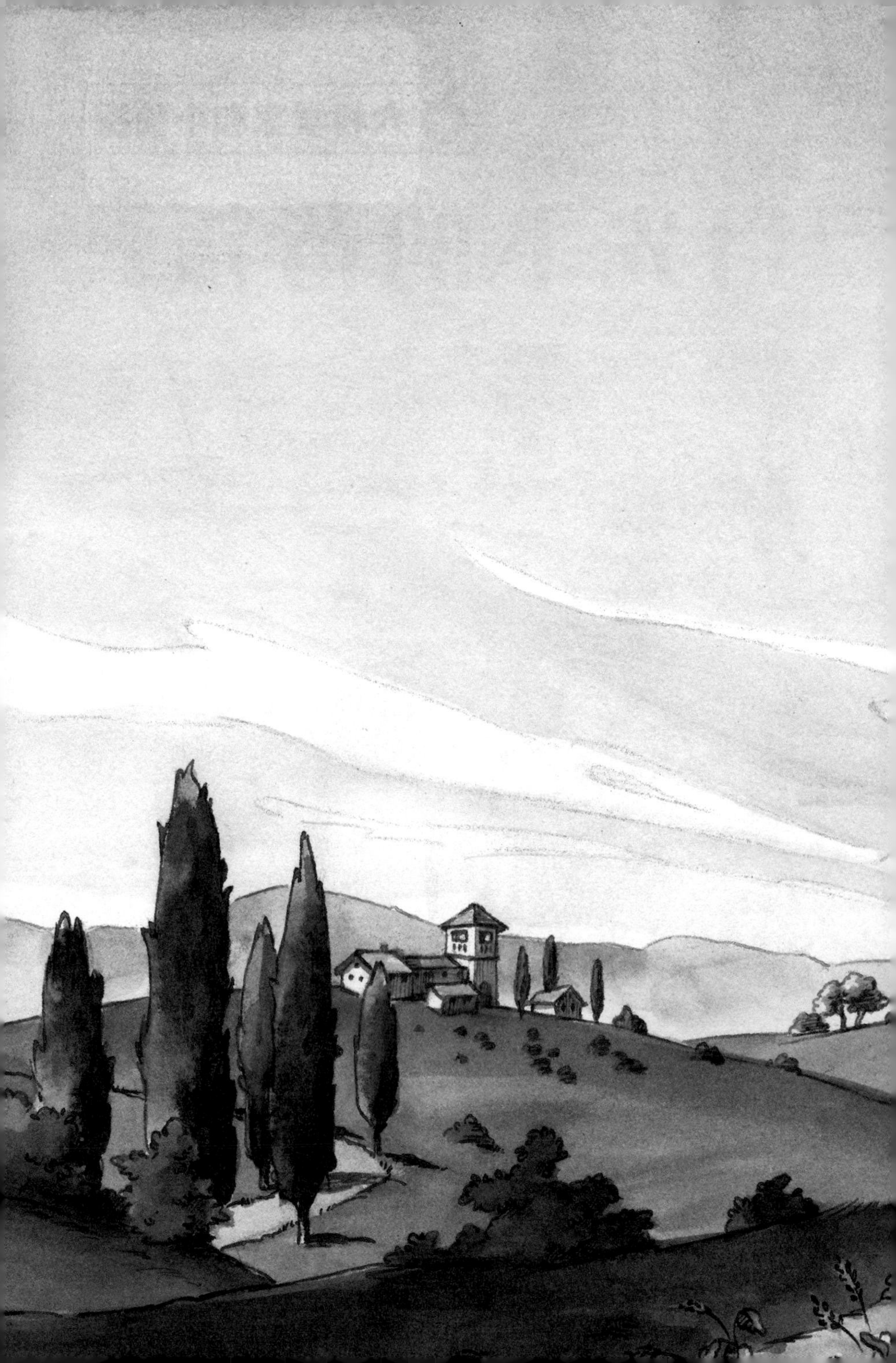

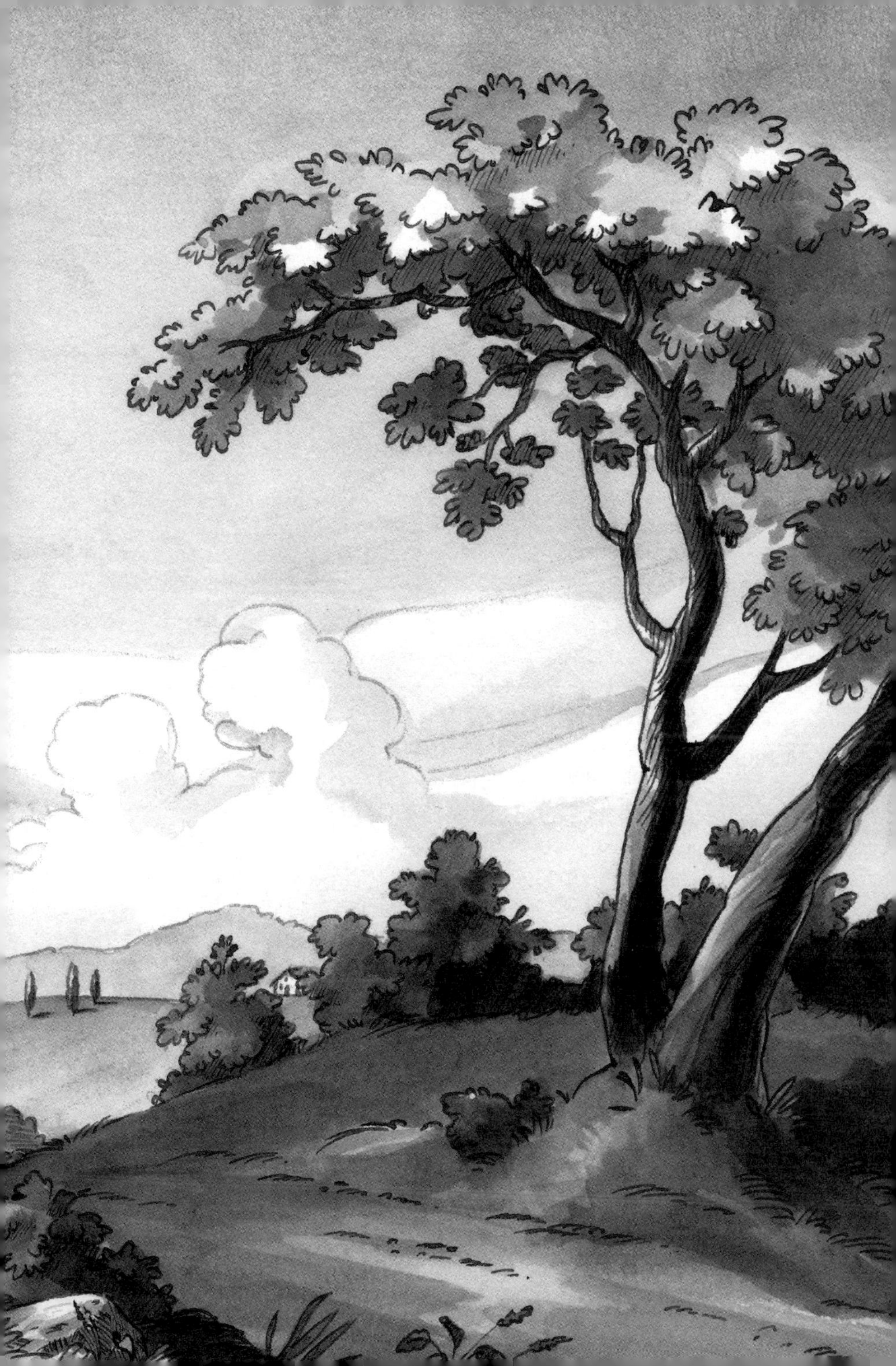

图书在版编目(CIP)数据

月光下的背叛/(奥)贝琳达(Bellinda)著;(德)乌特·西蒙(Ute Simon)绘;王子彬,陈贝佳译. — 天津:新蕾出版社,2023.7(2024.3重印)
（大科学家和小侦探）
ISBN 978-7-5307-7523-3

Ⅰ.①月… Ⅱ.①贝… ②乌… ③王… ④陈… Ⅲ.①儿童小说-侦探小说-奥地利-现代 Ⅳ.①I521.84

中国国家版本馆CIP数据核字(2023)第031857号

Title of the original German Edition: Verrat unterm Sternenhimmel (Galileo Galilei)
© 2008 Loewe Verlag GmbH, Bindlach
Simplified Chinese translation copyright © 2023 by New Buds Publishing House (Tianjin) Limited Company
ALL RIGHTS RESERVED
津图登字:02-2022-030

书　　名	月光下的背叛　YUEGUANG XIA DE BEIPAN
出版发行	天津出版传媒集团 新蕾出版社 http://www.newbuds.com.cn
地　　址	天津市和平区西康路35号（300051）
出 版 人	马玉秀
电　　话	总编办（022）23332422 发行部（022）23332351　23332677
传　　真	（022）23332422
经　　销	全国新华书店
印　　刷	天津新华印务有限公司
开　　本	880mm×1230mm　1/32
字　　数	48千字
印　　张	4.5
版　　次	2023年7月第1版　2024年3月第2次印刷
定　　价	26.80元

著作权所有,请勿擅用本书制作各类出版物,违者必究。
如发现印、装质量问题,影响阅读,请与本社发行部联系调换。
地址:天津市和平区西康路35号
电话:（022）23332351　邮编:300051

目 录

一 神秘的影子/1

二 惹来祸端的著作/13

三 撒谎的人/25

四 神秘信息/37

五 有毒/49

六 坏人会露出马脚吗/61

七 歧途/73

八 背叛者与同盟者/88

九 小偷儿/100

十 惊喜/109

答案/122

伽利略·伽利雷生平大事年表/126

但它仍然在转哪/129

地心说和日心说/130

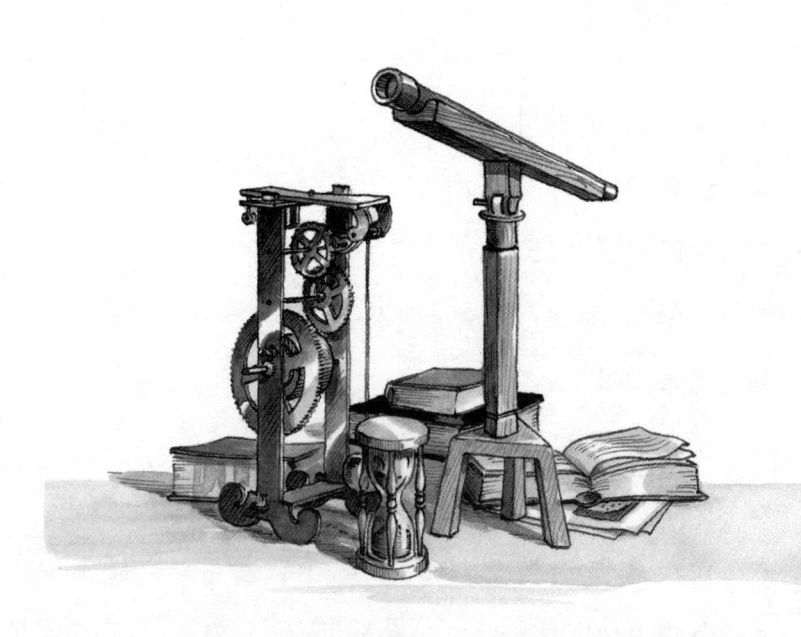

一
神秘的影子

清晨,佛罗伦萨的橙色屋顶迎来了第一缕阳光,预示着这将是一个闷热的六月天。昨晚的一场大雨把整个城市浇了个透,石板路上的泥土和房屋外墙的灰尘被冲刷得一干二净,只留下一个又一个小水洼,星星点点地泛着光。湿热的雾气从阿尔诺河中升起,瞬间笼罩了大街小巷,把马特奥毛孔里的汗水都"赶"了出来。

唉,他现在多想待在老师的书房里呀!那儿不仅凉爽舒适,还萦绕着淡淡的纸墨香气。而圣洛伦佐①的这个集市呢?这里充斥着小吃摊儿的

---

①圣洛伦佐,佛罗伦萨的一个区。

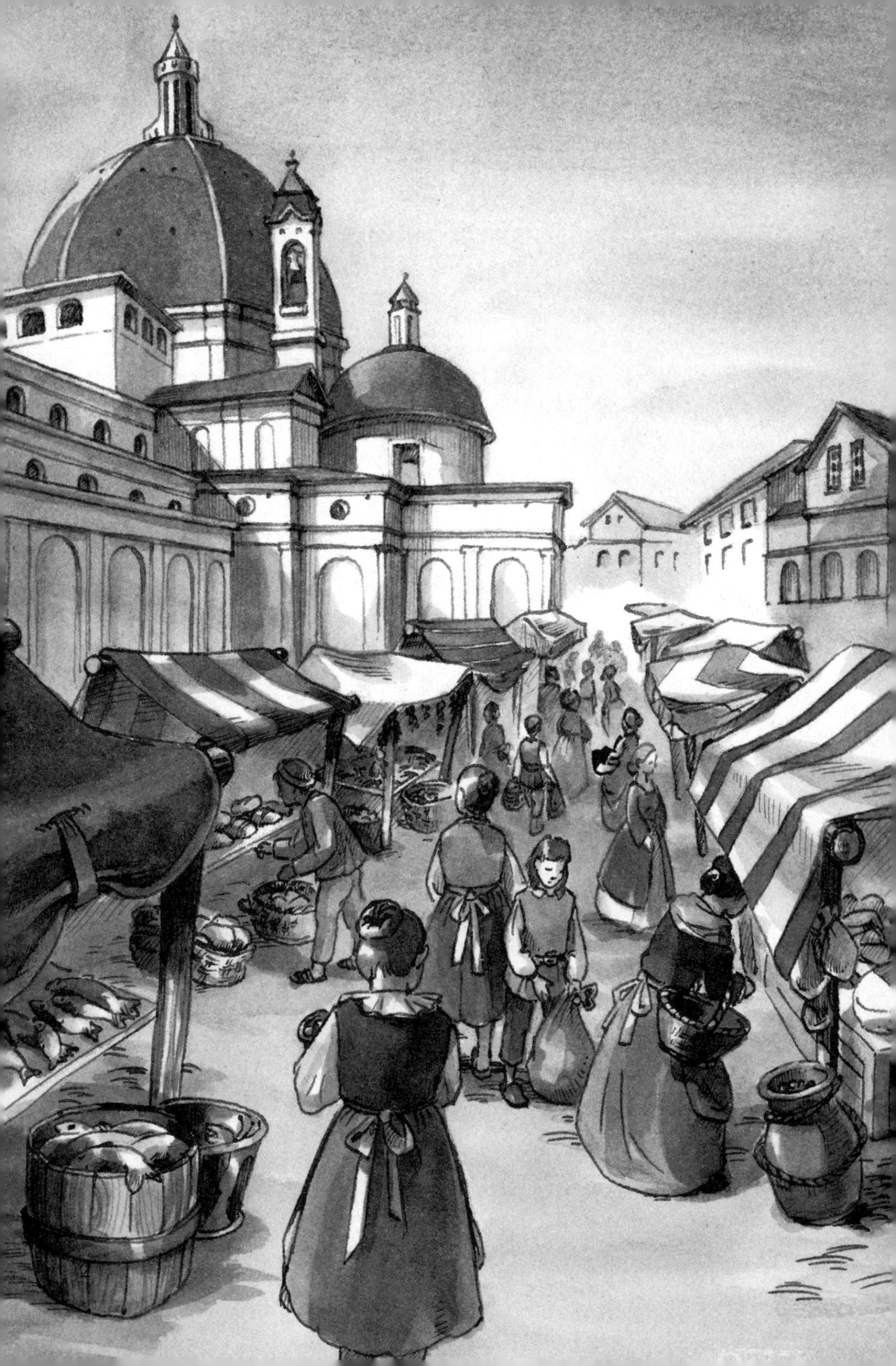

月光下的背叛

油烟味儿、烹煮动物内脏的臭味儿和处理生鱼的腥味儿，再加上从不远处的皮革铺和染坊飘来的恶臭，简直令人作呕。

"小子，别磨磨蹭蹭的了！在伽利略老师回家前，我们还有好多事儿要做呢！"

女管家路易莎轻轻推了马特奥一把，然后穿过人群，走到一个卖黄油和奶酪的摊位前。

马特奥扛着粮袋，没精打采地走在女管家和两个女仆——玛丽亚和比安卡后面。此刻，他的肚子叫得正欢。也难怪，他早餐只吃了一小块面包，对于一个早起的人来说，这的确是杯水车薪。他两眼直勾勾地盯着玛丽亚手中装满橄榄的罐子，但一转眼，又被路易莎篮子里刚买来的奶酪球吸引了。

对嘛，橄榄、奶酪，再来一块干火腿——这才像样嘛！马特奥咽了咽口水，跟紧了路易莎。

太阳慢慢升高,佛罗伦萨的大街小巷逐渐热闹起来,与之相随的还有不断攀升的气温。马特奥感觉肩上的粮袋越来越重,他真希望能早点儿回家,可路易莎要买的东西还有很多。她把无花果干、枣子和蜂蜜装进一个大袋子里,吊在马特奥肩膀的另一侧,然后在一桶葡萄干前弯下腰,用怀疑的眼神盯着这些黑色的果干看了半天,最后她问道:"里面没有掺死苍蝇吧?"

小贩气得脸都红了,抓起一把木铲,甩给路易莎:"你自己来找找看!"

路易莎嘟囔了一句,还真的在葡萄干里翻找起来了。

马特奥再也受不了了,肩上的粮袋实在太重了,他必须马上把它放下来。也许可以顺便找个地方歇歇脚?这么想着,他后退一步,把粮袋从肩上卸了下来。可下一刻,他的后背就被狠狠地

月光下的背叛

撞了一下。

"你这个笨蛋!能不能看着点儿!"

马特奥疼得弯下了腰,一转头,看到一位怒气冲冲的神父。

"对不起。"马特奥怯声说。

神父只动了动嘴唇,却懒得接话。他伸出手想给马特奥一巴掌,但在最后一刻改变了主意,只好摸了摸自己的胡须。

"快点儿——给神父让路!"站在一旁的玛丽亚斥责道。

"可是我什么也没……"

没等马特奥说完,玛丽亚就一把把他推到旁边,自己挤到了他和神父之间。神父没再纠缠,骂骂咧咧地走了,很快消失在熙熙攘攘的人群中。

月光下的背叛

他怎么这么生气？马特奥百思不得其解，轻轻摇了摇头。

"出什么事儿了？惹麻烦了？"路易莎提着刚买的一袋葡萄干问。

"对，马特奥惹的。这小子刚才又走神儿了，冲撞了别人。"玛丽亚愤愤地回答，不耐烦地整理着滑下来的头巾。

"好啦，他还只是个学生，别苛责他了。"路易莎说着，岔开了话题，"我们快走吧，朱塞佩已经在等我们了。"

玛丽亚哼了一声，没有再说什么。比安卡则投给马特奥一个鼓励的眼神。于是，马特奥重新扛起粮袋，跟在三个人后面。他认识玛丽亚的时间不长，两人应该没有任何敌对的理由才对。难道他这几天不经意间冒犯了她？马特奥想了半天也没有头绪，最后索性不再管它。

当他们来到领主广场①,见到朱塞佩和他身边的牛车时,马特奥松了口气,他总算可以卸下肩头的重物,一身轻松地回家啦!朱塞佩是新来不久的仆人,微微有些驼背,看起来脾气很暴躁。

马特奥帮着路易莎把她采购的所有宝贝都装上车,然后一头钻到了车上的小酒桶之间。

牛车辘辘地驶出城,朝贝洛斯瓜尔多②赶去。马特奥舒服得眯起眼睛,贪婪地呼吸着道路两旁洋槐花的香气,恨不得能马上到家。那里没有喧嚣,没有恶臭,没有忙碌又暴躁的人们。啊,自从老师买下山上的房子后,大家的生活真是太幸福啦!至于玛丽亚,马特奥相信日后他们也会成为朋友的,一定可以。

---

①领主广场,佛罗伦萨旧宫前的L形广场。
②贝洛斯瓜尔多,佛罗伦萨西南的一座山丘,在意大利语中的意思是美丽的景色。

月光下的背叛

"还不下车帮忙,你这个懒汉!"玛丽亚的吼声把马特奥从白日梦中拉回了现实。好吧,也许和女仆友好相处比想象中更难。想到这里,他轻轻叹了口气,心情沉重地意识到,自己一时半会儿是无法去书房歇着了。路易莎丝毫没察觉到他这些小心思,因为她此刻正忙着分配任务。

"在教授回来之前,一定要把房子收拾好!你——玛丽亚,给床铺好干草,别忘了在上面撒一些干薰衣草,再来点儿迷迭香也行。朱塞佩,把酒搬到地窖去。你——马特奥,把我买的东西都搬到厨房的壁橱里。比安卡,快去厨房。宝拉,给我们腾点儿地方,别碍事。"

宝拉是家里的看门狗,此刻它正卧在大门正中,讨好地摇着尾巴。路易莎笑着摇了摇头,从腰带上解下地窖的钥匙递给朱塞佩:"用完马上还我!"说完,她催着马特奥往厨房搬东西。

马特奥认命了。他一趟又一趟地往返于牛车和厨房之间,时不时还会被宝拉绊一下。他没有抱怨,心里只有一个念头,希望路易莎记得——午饭时间快到了。

可直到厨房里飘出肉饼、蜂蜜蛋糕和无花果酱的诱人香气时,路易莎还是没招呼大家吃饭,反而又吩咐马特奥去井里打水。

马特奥渴望地看了一眼厨房——刚烙好的肉饼正冒着热气——然后恋恋不舍地走了出去。在去水井的路上,突然传来的人声引起了他的注意,是一男一女正在热烈地交谈。

"小点儿声!别被人听到了!"

马特奥停下来,环顾四周,但没看到说话的人。

"他是怎么说的?让我们什么时候动手?"

"快了,我们要让他以后永远闭嘴。"

月光下的背叛

"……可他一直以来对我们都很好……"

"那……我们先给他个警告吧,希望这有用——但我看悬。"

马特奥大气都不敢喘一口,下意识地往旁边挪了一步,躲进了桑树的树荫里。这是什么奇怪的对话?他从藏身之处向外张望,终于看到了投在马厩墙上的两道影子。啊,他认出了其中一个人!

马特奥认出了谁？

二
惹来祸端的著作

马特奥很容易就认出了那个男人,可他旁边的女人是谁?等马特奥再从藏身之处探出头时,朱塞佩已经回到牛车前忙活了,旁边站着比安卡和玛丽亚,她俩正把剩下的东西从车上卸下来。糟糕!他现在没法儿弄清方才到底是谁在和朱塞佩交谈了。

刚才那是什么情况?让谁永远闭嘴?

就在这时,一阵马蹄声打断了他的思绪。车轮在院子的石板路上辘辘作响,马儿不时地打着响鼻。马特奥抬头一看,内心欢呼起来:老师回

来了!一同回来的还有一个朝气蓬勃的少年。

"马特奥,你在哪儿?快把水给我拿来!"路易莎在厨房里喊道。

马特奥没有回答她,而是高叫着:"老师回来了!老师回来了!"他飞奔着迎向驶来的马车,完全把打水的事情抛到了脑后。

伽利略最年长的学生萨尔瓦多从车上跳了下来,伸出手想扶老师一把。可是,伽利略只是哼了一声,咕哝道:"我还没那么老!"然后,他自己走下了车。他环视四周,深吸了一口清新的空气,喃喃道:"啊,终于到家了!"

月光下的背叛

　　他从袖子里抽出一条手帕，擦了擦圆脸上的汗珠子，然后微笑着看向马特奥："怎么样，我的孩子？我不在的时候，家里一切都好吧？"

　　马特奥点点头，脸上洋溢着藏不住的开心。老师回来真是太好啦！他终于能暂时告别繁重的厨房工作，和老师一起观测星空了！还有那孤零零地躺在书房里多日的新发明，也可以派上用场了。啊，生活真美好！

　　还有更好的事儿呢！马特奥好奇地望着在老师身后跳下车的少年。温琴佐①，老师的儿子，和马特奥年纪相仿——他终于有一个同龄朋友了。这里的生活虽好，但有时太无聊了。比安卡和玛丽亚把他当作空气，路易莎只会拉他去做家务，朱塞佩又独来独往，萨尔瓦多也不喜欢在做

----

①译者注：温琴佐沿用了祖父的名字，后来也和祖父一样成为一名鲁特琴演奏家。

研究时被好奇的师弟打扰。

马特奥毫不掩饰地打量着温琴佐。是的，他喜欢这个新朋友。他有一头乌黑的鬈发，还有圆圆的脸盘儿，简直就是老师的翻版。少年的鼻尖由于长途颠簸而微微泛白。

温琴佐从车上搬下一个小箱子，有些不知所措，马特奥赶紧上前做自我介绍。

"我叫马特奥,是你父亲的学生。很高兴你能来这里!"

温琴佐羞涩地笑了笑,然后说:"嗯,我不知道来这儿好不好……"

"为什么这么想?能和父亲在一起,多棒啊!我们的研究也很好玩儿!这里的一切都很吸引人!来,我带你看看我们的房间。"

老师在此前的来信中提到过,温琴佐来了以后要和马特奥住在一起,所以一切都已经准备好了。路易莎几周前就在床单上涂抹了驱虫剂,好驱除虱子、跳蚤和臭虫,昨天,她还让人将地板认真打扫了一遍,并撒上了香草。两个少年沿着又陡又窄的楼梯上楼时,就已经能闻到香味儿了。

马特奥咯吱一声推开房门。

"这就是咱俩的地盘啦!完全没人打扰——连萨尔瓦多都不会来。更棒的是,晚上可以从屋

顶的窗户看到满天的星星！"他热情地介绍着。

"你很喜欢看星星吗？"温琴佐好奇地问。

"你不喜欢吗？"马特奥很吃惊。

"我不知道……"温琴佐似乎有些拿不准，一屁股坐在了铺着干草的床上，"我没关注过这

月光下的背叛

个。妈妈让我读书、写字、算数、演奏乐器,但是星星……它们离我太远了。"

"的确很远!"马特奥笑着说,"但如果用你父亲的望远镜去观测,它们会变得仿佛近在眼前。真的,近得好像一伸手就能从天上摘下月亮一样。你还可以看到月亮粗糙的表面,上面有撞击坑、峡谷,还有……"

"月亮表面不是光滑的?"

温琴佐瞪大双眼看着马特奥,而马特奥此刻正兴奋地在房间里走来走去。

"不,不是光滑的。它的表面崎岖不平,不像抛光的费罗林金币①。银河系也不是乳白色的薄雾。不是!是无数大大小小的星星组成了银河系。如果看到木星,你会更吃惊的!它被四个大卫星环绕着。你父亲给它们起了个名字,叫"美

---

① 费罗林金币,佛罗伦萨金币。

第奇卫星"①。没错,这就是为了纪念我们的大公。你父亲把这一切都写在他的《星际信使》里,这让他名声大噪。"

"我听说了。"温琴佐一边回答,一边走到天窗前向外张望,"你刚才说,如果我通过望远镜看星星,它们近得就像用手可以抓到一样?"

"没错。"马特奥走到温琴佐身边说,"你父亲是个非常聪明的人,我很开心能跟着他学习,你也一定会爱上这里的。"

温琴佐第一次笑了,就像卸下了沉重的精神负担一样。马特奥意识到,温琴佐也许是有点儿想家了。他清楚地记得自己当初离开家乡来到老师身边的情景。没错,他当时也很孤独。想到这里,马特奥轻轻拍了拍温琴佐的肩膀。

---

①美第奇卫星,伽利略发现的木星的四个大型卫星,为了纪念美第奇大公,便以他的名字命名。如今这四个卫星被称作"伽利略卫星"。

月光下的背叛

"来,我帮你搬箱子。"

"不用不用,它一点儿也不沉,而且也没什么要拿出来的,里面只有一件衬衫、一件外套和一双鞋子。"温琴佐说着,把他的小木箱推到了床尾,"也许我应该把这个拿出来……"他又补充了一句,然后跪下来打开箱子,从衣物中间拿出一本书。他若有所思地抚摸着皮质的书套,最后说:"我不了解父亲的工作,但我听到人们在背后议论他,说他干涉教会事务;说他不是神职人员,却私自解释上帝的话语;说他轻信异端;还说他没被宗教裁判所①定罪简直是个奇迹……"

①译者注:宗教裁判所又称"异端裁判所",是天主教的宗教法庭,负责侦查、审判、裁决反教会的异见者。

温琴佐说不下去了,抬头注视着马特奥。马特奥在他身旁坐了下来。

"嗯,你父亲证明了地球在自转,在运动,可教会的一些人就是不想听,他们说《圣经》里写着地球是静止的。你父亲对此有他自己的解释。"

"可那是被禁止的!"温琴佐飞快地把书放回箱子,合上盖子,激动得跳了起来。马特奥看着他笑了笑。

"我知道,所以你父亲把很多话都收回了。"

"父亲的工作给他自己带来了太多危险!"

马特奥叹了口气,点点头,缓缓说道:"你说得没错。不过这次审判还算顺利,老师终于从罗马回来了,真让人高兴。"

"对了,我想起一件事儿……"温琴佐低声说着,从拴在腰上的小袋子里摸出一张纸条,"喏,

月光下的背叛

"这本来是给我父亲的,他看完后,不屑地咕哝了一句什么,就把它扔到了地上。我很好奇,就捡了起来。"说到这里,温琴佐有些不好意思地红了脸。

马特奥会心一笑:"我也很好奇!你父亲常说好奇是希望之母,所以纸条上到底写了什么?"

"不知道,我还没能破译它。来,你看——"

温琴佐把皱巴巴的纸条放在床上,和马特奥一起看着。

突然,马特奥惊呼起来:"我知道了!我知道它写的是什么意思了!"

承认 好看 地球 要你 静止 否则

纸条上写的是什么意思？

三
撒谎的人

"你这么快就破解了?"温琴佐惊讶得瞪大了眼睛。

"这没什么。"马特奥耸了耸肩,"你父亲的很多想法都是用加密信息记录的,毕竟,他得很小心才行。"

"嗯,这个纸条显然就是一封恐吓信,而且我觉得这已经影响到了父亲……"温琴佐说。

他的声音越来越小,到最后几乎让人听不到了。马特奥也沉默了。是呀,这个恐吓是针对伽利略老师的,因为他公开提出地球是运动的而不是静止的,得罪了很多人。

"是谁把纸条给你父亲的?"

"那个学生。他叫什么名字来着?"

"萨尔瓦多。"马特奥回答,然后笑着补充道,"像树一样高的萨尔瓦多。"

温琴佐也笑了:"对,就是他!"

"你们当时在哪儿?"

"在城门附近。我们当时停下来给马喂水,周围人来人往的,等再回到车上时,萨尔瓦多就把纸条递给了我父亲。你说纸条会不会是他写的?"

马特奥摇摇头:"不可能。萨尔瓦多追随你父亲多年,非常敬仰他,他绝不想让你父亲受到伤害!不过我们可以问问他纸条是从哪里来的。"

说完,他拉着温琴佐走出了阁楼。他俩咚咚咚地跑下楼梯,正好看到萨尔瓦多和老师坐在桌

月光下的背叛

旁,比安卡和玛丽亚在路易莎的严格监督下端上美味——炸蔬菜、肉饼、无花果酱,每一样都香气扑鼻。突然间,马特奥那折磨人的饥饿感又回来了,不用老师招呼第二遍,他就和温琴佐一样,赶紧坐到了桌旁。

"原来传言是真的——哥白尼[①]的书被划为禁书了!"萨尔瓦多一边说,一边撕下一大块面包,蘸上橄榄油塞进了嘴里。老师只是哼了一声。马特奥则有一瞬间的恍惚,他不知道自己是该对禁书感到惊讶,还是该对萨尔瓦多感到惊讶,因为他明明吃了那么多,却仍然这么瘦,以至于路易莎不停催促他再多吃点儿。

"唉,他们以后会明白的,但愿如此。"伽利略咕哝着,用手指了指空酒杯。马特奥心领神

[①]哥白尼,全名为尼古拉·哥白尼,文艺复兴时期波兰天文学家、数学家。他发现了行星围绕太阳运行的轨道。其最有名的著作《天球运行论》为伽利略的研究提供了很大帮助。

会，赶忙拿起陶罐去倒酒，同时竖起了耳朵，因为老师开始讲述他在罗马被监禁的遭遇了。

老师说得很平淡，可马特奥却听得忧心不已，把恐吓信的事儿都给忘了。

当太阳落山，繁星点点的夜幕降临贝洛斯瓜尔多时，路易莎过来催他和温琴佐去睡觉了："你们两个小家伙别熬夜了，更别说熬夜是为了听这

月光下的背叛

些吓人的故事了。快,快,赶紧上床!"

马特奥和温琴佐不敢有丝毫抱怨,乖乖地离开了。温琴佐强忍着哈欠,跌跌撞撞地跟在马特奥身后上了楼,进屋后便一头倒在床上沉沉睡去。马特奥也是一样,只不过他做了一个令他不安的梦,在梦中他为了保护老师,一直和看不见的敌人周旋。

翌日清晨,马特奥被从天窗射进来的阳光"叫"醒。他挠了挠被晒得痒痒的鼻子。

"今天有很多事情要做,快醒醒!"他冲睡眼惺忪的温琴佐喊道,然后跳下了床。温琴佐揉了揉眼睛,茫然地环顾四周,好半天才反应过来自己这是在哪里,急忙起床追上马特奥。

当两人跑下楼梯来到书房门口时,温琴佐才刚刚把腰带系好。马特奥一把推开房门,把站在老师工作台前整理笔记的萨尔瓦多吓了一跳。

虽然隔着一段距离，但马特奥还是一眼看到笔记上画着的太阳和地球。

"怎么回事？！不知道敲门吗？"萨尔瓦多十分恼怒，看起来就像是做了什么坏事被抓到了一样。

"萨尔瓦多，昨天的纸条是哪里来的？就是你给老师的那张。"马特奥脱口而出。

萨尔瓦多皱起了眉头。

月光下的背叛

"是一位神父交给我的。他很快就离开了,我没来得及问是怎么回事。"他简短地描述了一下,然后眯起眼睛用怀疑的语气问道,"你问这个做什么?"

马特奥的脸腾地红了,一时支支吾吾的,不知道该怎么回答。就在这时,老师走进书房,把他从尴尬的境地中解救了出来。老师看起来似乎没睡够,一边打着哈欠,一边伸了个懒腰,还顺手抓了抓自己的胡须。

"我得赶紧继续研究经度了。对了,我昨晚思考了很多关于航海和潮汐的事情,最后得出一个结论——也许可以借助潮水涨落来证明地球不是静止的!萨尔瓦多,把塞拉通[①]拿来!"

萨尔瓦多立即按照伽利略的吩咐,取来了他

[①]塞拉通,伽利略的一项发明,用于确定经度。它看起来像一顶奇特的头盔,后被证明不实用。

那顶宝贵的头盔。

"跟我来!"伽利略招呼一声,拿起塞拉通风风火火地走了出去。

温琴佐赶忙随马特奥一起跟上去,内心对这件他迄今为止见过的最奇怪的东西感到非常好奇。

"那顶叫塞拉通的头盔是干什么用的?"他悄悄问马特奥。

"在公海上航行时,它可以用来确定经度。我可真想戴上试一试呀!"马特奥一边低声回答,一边热切地盯着在阳光的照耀下闪闪发光的塞拉通。

"想得美!这么贵重又不禁摔的宝贝怎么能交给你这个毫无经验的毛头小子!"听到马特奥的话,老师咕哝了一句,然后戴上塞拉通,不耐烦地喊道:"萨尔瓦多,你在哪儿呢?"

萨尔瓦多急忙来到老师身边，协助他调试这件宝贝。看到老师在院子里踉踉跄跄地走来走去，笨拙得如同刚学步的婴儿一般，马特奥拼命忍着不笑出声，温琴佐则已经乐得合不拢嘴了——这实在太滑稽了！伽利略最后不得不把塞拉通摘了下来。

"我明白了，它在陆地上不好使，得到海上才行。这倒提醒了我，我曾经对潮汐做过记录，

也许会有所帮助。"

伽利略把塞拉通交给萨尔瓦多,快步走回了书房。马特奥和温琴佐瞄了头盔一眼,同时向萨尔瓦多投去乞求的目光。可萨尔瓦多像没看到一样,追随着老师离开了。

突然,书房里传来伽利略的咆哮:"我的笔记呢?!"

"他怎么老是一惊一乍的?"马特奥嘀咕了一声,赶紧和温琴佐一起跑向书房。

"我把它们放在这儿,可现在不见了!"

伽利略指着工作台。的确,木桌上除了炭笔、透镜、望远镜和乔维拉比奥①,就没有别的东西了。

伽利略气得胡须颤抖起来,脸颊也通红。马特奥心想,这可不是个好兆头。

---
①乔维拉比奥,伽利略的一项发明,和塞拉通一样用于测定经度。

月光下的背叛

"在这儿呢!"终于,萨尔瓦多在壁炉旁找到了它们。

"真奇怪,我的笔记怎么会在壁炉旁?"老师一边纳闷儿地说着,一边伸手接过这些珍贵的资料。

"你们看,这是太阳和地球,我认为它们的关系是……"伽利略坐在桌边,滔滔不绝地讲解起来。

"我第一次见到这些图,您描绘的是什么?"萨尔瓦多站在伽利略身后,抻长脖子看着桌上的笔记问道。

当伽利略向他详细解释时,马特奥把温琴佐拉到了角落里。"有些不对劲。"他在朋友耳边低语。

马特奥指的是什么？

四
神秘信息

"你确定就是这些笔记吗?"温琴佐瞟了一眼萨尔瓦多,压低声音问道。萨尔瓦多根本没注意他俩,正专心地听老师讲解。

"对,我很确定。第一张上画着太阳和地球——这就是我看到的那些。"

马特奥看着萨尔瓦多,心里五味杂陈:萨尔瓦多背叛了老师吗?他为什么要欺骗老师?他明明那么崇拜他。虽然自己每次出现在他身边时,他都说不善于和小孩儿相处,可他仍然是个可爱的人,就像一个大哥哥,甚至比哥哥还好。他从不欺负人,也不会凶巴巴的。不,萨尔瓦多

应该不会做任何对不起老师的事情!难道他真的会……

马特奥紧咬着下唇,心乱如麻,当老师突然打断他的思绪时,他没有感到不快,相反还松了口气——因为他纠结得脑袋都快要爆炸了。

"你们俩在做什么?快过来学习!"伽利略招手让两个孩子过去,可眼睛始终没有离开笔记。突然,他愣住了,手按着桌子站起身,开始仔细地翻阅这沓笔记,一开始很慢,然后越来越快,最后他停下来吼道:"岂有此理!我的笔记竟然少了一部分!"

"少了一部分?"萨尔瓦多不解地问。

"对。少了最重要的

月光下的背叛

那部分！就是能证明太阳静止不动的那部分！好吧，也许对于质疑我的人来说这算不上证据，但里面有我精确的演算。我原本还想在今晚展示给客人呢，现在却不见了，真可恶！不行，我要出去透透气！"

伽利略气呼呼地走出书房，嘴里一刻不停地咒骂着，用的都是路易莎不想让他说的词。只一眨眼的工夫，他就踏上了去修道院的路。马特奥忍不住笑了出来，老师太容易激动了，这对他的身体可不好，不过这倒是让家里热闹了许多。

"不是你俩捣的鬼吧？"萨尔瓦多冷着脸盘问，同时把桌上乱七八糟的文件收到一起。

"不是。"马特奥回答，然后赶在萨尔瓦多给他俩分配烦人的任务之前，拉着温琴佐一溜烟儿跑了出去。

"幸亏跑得快，不然就要被叫去擦仪器或是

清洗镜片了,要花好几个小时呢!你想不想玩儿地掷球①?"

"好哇!"温琴佐开心地点着头。

就这样,一天中最美好的时光开始了。马特奥迅速从自己的箱子里取来木球,温琴佐在院子里的树下画出一片场地,看门狗宝拉也加入了他们。它趴在树荫下,看起来就像个认真的观众。

随着游戏的进行,马特奥不得不承认温琴佐是一名出色的球员,但是自己也不差。马特奥一边转动着手里的木球,一边为下一次投掷做着准备。他感受着木球完美的弧度和光滑的手感。突然间,他的思绪又回到了地球和太阳上,回到了伽利略那里。

"萨尔瓦多为什么要撒谎?"他垂下手,转向

---

①地掷球,一项球类运动。主要规则:投掷大球,使其尽可能接近目标小球。

温琴佐问道。

"也许他不小心把笔记放错了地方,却不想承认?"温琴佐猜测。

马特奥用力把球扔出去,但它飞得太远了,最后撞在了树干上。

"我赢了!"温琴佐欢呼起来。

游戏进入下一轮,但两人都有点儿意兴阑珊。不知何时,树影变长了,热气也逐渐消退,路易莎来叫他们两个了。

"教授一会儿就回来,客人们也马上就到了。马特奥,把你的上衣塞好;还有你,温琴佐,脸上怎么这么脏?你俩这样怎么见客人?不会是想整晚都待在阁楼里吧?"

路易莎双手叉腰,努力装出一副严厉的样子。但她把他们领进屋时,还是忍不住摸了摸他们的脑袋,随后调皮地眨了眨眼。

月光下的背叛

　　培根汤、油炸饺子、炭烤猪肉和福卡恰①的香气弥漫在屋中。马特奥一边整理上衣，一边瞪大眼睛盯着一锅肉桂酱。这锅由烤面包、杏仁、红酒、果汁、肉桂和丁香调制的酱汁是他的最爱，他迫不及待地想把它抹到圆饼和鸡肉派上。今天的客人一定非常重要，否则路易莎不会准备这么丰盛的大餐！

　　"父亲在等谁？"温琴佐问道。他刚在水桶里洗了把脸，正用毛巾擦干。

　　马特奥瞥了一眼院子，那里混杂着马蹄声和刚到的客人的喧闹声。当身着白色长袍和黑色斗篷的神父出现在视野里时，他立刻屏住了呼吸。是他！就是昨天对他大吼大叫的那个神父！这也太巧了吧！

　　"怎么了？"温琴佐看着他，好奇地挑起眉毛。

---

①福卡恰，带有橄榄油香味儿的意大利扁面包。

"哦,我觉得今晚可能不会那么好过……"马特奥喃喃道。

可是他错了。路易莎高超的厨艺加上上等的葡萄酒和心情绝佳的伽利略老师,足以让时间飞逝。温琴佐和马特奥受命为客人倒酒。承担这项光荣的任务虽然让他们感到自豪,却也意味着他俩没空吃饭了。幸运的是,那个叫法尔科内的神父并没有认出马特奥。

"法尔科内神父,您对哥白尼的作品被划为禁书这件事情怎么看?"

神父正用面包蘸酱汁,听到萨尔瓦多的问题,便停下来盯着他,随即又把目光转向了伽利略。

"我觉得我们不应该质疑教会的决定。"他一手按在桌沿,严肃地答道。

"哪怕教会是错的?"插话的是马拉菲神父。

马特奥不太了解他，只知道他是老师家的常客，而且不像胡子尖尖、眼神刻薄的法尔科内神父那样令人讨厌。

"教会从不犯错。"法尔科内神父不悦地抬高了音调。

马拉菲神父的脸涨得有些红。老师清了清嗓子，试图换个轻松的话题："我决定用几天时间研究一下葡萄酒的发酵过程，这应该很有趣。"

"我听说您老了要当农夫?"法尔科内神父讽刺道。看到伽利略皱起了眉头,他又换了种问法:"您种豆子、谷物和各种香草,还要酿葡萄酒,这些到底是您工作的需要呢,还是单纯为了陶冶情操?"

"为了能让你们吃上这些好酒好菜。"萨尔瓦多脱口而出,他显然被激怒了,当晚的和谐气氛也快要终结了。玛丽亚在比安卡的配合下上完最后一道菜,转身看到正准备给教授倒酒的马特奥,便敲了他的头一下,把他拉到一边训道:"别用这酒,这是给客人准备的廉价酒。这么晚了,他们早就分不清自己在喝什么了。"说着,她把另一个酒罐塞到马特奥手里:"这罐是好酒,只给教授,听到没?否则别怪路易莎揪你耳朵!"

玛丽亚眼睛一眨不眨地瞪着他,马特奥只好点点头,拿起新的酒罐给老师倒酒。接下来,玛

月光下的背叛

丽亚和比安卡在伽利略的招呼下端上了松子饼干和海绵蛋糕,房间里立刻充满了蜂蜜、烤松子和甜枣的香味儿。马特奥期待着客人们能给他和温琴佐留一些,一转身则看到温琴佐站在角落里冲他招手。

"看,我刚才在厨房地板上发现了这个!"

温琴佐拿着一张皱巴巴、湿漉漉的纸,双手紧张得抖个不停。

"难道又是一封恐吓信?"马特奥低声道。他盯着模糊的字看了半天。因为溅上了水,笔迹已经洇开,想要辨别没有那么容易。突然,他低呼一声:"我知道这写的是什么了!"

当金星维纳斯被满月照亮时，我们舞台上见。

纸上写的是什么？

48

五
有　　毒

"可这句话是什么意思呢？"温琴佐皱着眉头问。

"会不会只是个幽会？也许有人想见玛丽亚或比安卡？"马特奥沉思片刻答道。

"你真这么认为？"温琴佐满脸怀疑地看着他。

"马特奥，葡萄酒在哪里？"老师的声音突然传来，把正在密谈的两个小家伙吓了一跳。

马特奥赶紧冲过去倒酒，温琴佐也紧随其后。

客人们并没有注意到自己喝的是廉价葡萄酒，他们就着佳肴不停地推杯换盏，情绪越来越高涨。

夜色渐深,当法尔科内神父终于催促众人告辞时,马特奥悲伤地注意到,盘子里的食物已经所剩无几了。真遗憾!

"朋友们,真高兴我们又能这么开心地聊天儿了!"伽利略说着,把客人们送到了门口。法尔科内神父转身冲伽利略点头致谢,没有多说什么。其他客人则亲切地拥抱了伽利略,道过晚安后,各自登上了已经等候在院内的马车。马拉菲神父没挪步,他靠近伽利略低声问:"你真的开心吗,我的朋友?"

伽利略左右看了看,没发现站在厨房入口处的马特奥,叹了口气答道:"这么说吧,我很庆幸我还活着。"

"那你为什么还要和法尔科内神父这样的反对者来往?"

"我需要说服的,正是我的反对者,而不是

月光下的背叛

我的朋友们。"

"你说得对,不过还是要小心,我的同事们因为你的观点吵得不可开交。我还听说佛罗伦萨的某些人正在酝酿一个针对你的阴谋。伽利略,我的朋友,请务必保重!"

"好的,我保证!"伽利略说着,和马拉菲神父拥抱告别,然后转身走进了火光通明的院子。

马特奥不知说什么好,刚才听到的对话让他完全相信,他和温琴佐正在追踪的就是这个针对老师的阴谋!但是,究竟有谁参与其中了呢?

当他和温琴佐回到阁楼,可以在床上舒展疲惫的双腿时,他再次提出了这个问题。

"我不知道。"温琴佐一边回答,一边用手指蘸了点儿香甜的牛奶粥。路易莎特意为他俩留了一些饭菜,现在他们终于可以尽情享用了,完全不必担心法尔科内神父或是萨尔瓦多会抢走。

马特奥把一枚甜枣塞进嘴里,又用指尖把一颗松子拨进勺子里。他津津有味地喝着牛奶粥,时不时透过天窗望着天空。突然,一个念头跃入他的脑海。原来是这样!他用手一拍额头,从床

上跳了下来。

"那并不是指天上的金星①！"他涨红着脸喊道。

"什么？"温琴佐一时没反应过来。

"我说的是纸里提到的维纳斯。离这里不远就是大公的别墅，在别墅的花园里有一尊石像，就是维纳斯！而且花园里还有一个圆形剧场②，那不就是舞台吗！"马特奥看向天窗，兴奋地指指月亮，柔和的月光洒满了房间，"明天就是满月，这意味着……"

"这意味着明天维纳斯将被满月照亮，那些密谋者将在圆形剧场里碰头！"

马特奥又抬头望着夜空。院子里的火把早已熄灭，整栋别墅静悄悄的。"我很好奇，到底是

---

①译者注：金星是太阳系行星之一，西文名称源自罗马神话中爱与美的女神——维纳斯（Venus）。
②圆形剧场，一种舞台四周被阶梯式看台环绕的古建筑。它的特别之处在于，观众即使坐在最高处的座位上，也可以听清舞台上轻声的话语。

谁在密谋对付你父亲！"他若有所思地说。

第二天早上，马特奥和温琴佐刚从床上爬起来，扯掉挂在头发上的干草，换好衣服，就听到别墅里传来吵闹的声音。他俩以最快的速度冲下楼，在走廊里撞见了路易莎和萨尔瓦多，他们正忧心忡忡地交谈着。

"他的状态从没这么糟糕过。"路易莎说着，

月光下的背叛

疲惫地摇了摇头。

"出什么事儿了?"马特奥插嘴问。

萨尔瓦多一脸愁容,没心情理会他,还是路易莎开了口:"教授不舒服。他这次的痛风比以往任何时候都严重,他还抱怨头痛、恶心。"

马特奥和温琴佐飞快地交换了一个不安的眼神。

"喝点儿加蜂蜜和香草的葡萄酒或许会好一些……"萨尔瓦多沉吟道。

"对,再来点儿酥皮馅儿饼,应该能让他恢复些力气!"路易莎补充说。她深吸一口气,看起来平静了一些。稍后,她回到厨房忙活时,就又变得雷厉风行起来,还把马特奥和温琴佐叫进来帮忙。

"玛丽亚,去准备酥皮馅儿饼。马特奥、温琴佐,别傻站着了,快去给比安卡打下手,她正

在准备新鲜的蘸酱,这应该也能缓解教授的痛苦。"

路易莎拨弄着她那一大串钥匙,最后找出来地窖那把,打开门后沿着楼梯走了下去。马特奥和温琴佐叹了口气,来到比安卡身边帮她准备烦人的酱汁。

当路易莎端着装满葡萄酒的陶罐气喘吁吁地走回厨房时,她突然听见从二楼传来的愤怒的叫喊声。

"真是笨蛋!"

"天哪!这是怎么了?!"路易莎双手一拍脑袋惊呼道,然后赶紧提起裙摆,跑上了楼。比安卡也吓了一跳,她把铲子扔进装有酱汁的木桶里,一路跟在路易莎身边,马特奥和温琴佐紧随其后。

一行人刚来到楼梯拐角处,一盏银色的烛台

月光下的背叛

就冲着马特奥的头飞了过来。好在他躲了过去。烛台撞到台阶,叮叮当当地滚下了楼。马特奥吓出了一身冷汗,定了定神,放慢脚步跟着温琴佐走进了老师的房间。烛台就是从这里飞出去的,为了保险起见,他俩站到了路易莎身后。

"你们是想要了我的命吗?啊?!你们是不

是想这么干?"老师怒不可遏。他费力地坐起来,大口地喘着粗气,然后用仿佛快要喷火的眼神盯着众人,一副怒火中烧的模样。

"我只是想把医生请来,就把他惹火了……"萨尔瓦多有些无奈地解释道。

"哼!那就是一个把健康的人早早送进坟墓的庸医!"伽利略继续怒骂着,但一阵剧烈的咳嗽袭来,他不得不暂时停了下来。

"快,马特奥,温琴佐,把葡萄酒和馅儿饼拿来!"路易莎抓住机会说,然后把玛丽亚和比安卡叫到伽利略床前,"我们得给他换个舒服的姿势。"

马特奥已经走出去很远了,还能听到老师在大发脾气。他一边庆幸自己能够逃离那里,一边紧跟着温琴佐跑下楼梯。温琴佐此时正忧心父亲的身体,三步并作两步冲进厨房,却猛地停了

月光下的背叛

下来,马特奥一下撞到了他背上。

"怎么了?"

温琴佐没作声,而是指了指厨房的地板。马特奥一看,惊得屏住了呼吸。

"宝拉!"他大叫了一声。

那条年迈的看门狗趴在地板上,已经断了气。温琴佐在它身边跪下,仔细检查着它的鼻子和嘴,那上面还沾着一些白沫。

"它是被毒死的!"他得出结论,然后抬头看向马特奥。

"用什么?"马特奥只说了三个字。

温琴佐缓缓起身,环顾四周,最后若有所思地点了点头,他已经知道是什么毒死了宝拉。

可怜的宝拉是被什么毒死的？

六
坏人会露出马脚吗

"你确定宝拉是被毒死的?"马特奥追问。他简直不敢相信,有人为了伤害老师居然会在酒里下毒,而毒酒现在又害死了可怜的宝拉。他在老狗身旁蹲下来,抚摸着它的头,悄悄擦掉了自己眼角的泪水。

温琴佐指了指桌上,说道:"你看,这酒里还有两只死苍蝇。"

"现在是六月,苍蝇到处都是,死几只也正常。"马特奥反驳道。温琴佐默默地指了指一只正在飞的苍蝇,它嗡嗡地在馅儿饼上盘旋了一会儿,然后落在了桌面上,扑扇着翅膀,爬到了翻

倒的酒杯旁。洒出来的葡萄酒似乎对它有莫大的吸引力,但只吸了一点儿,它就开始转着圈抽搐,最后倒在桌面上一动不动了。

"真的有毒!"马特奥终于下了定论。温琴佐点点头,脸色煞白。

"你怎么这么了解毒药?居然一眼就能断定。"马特奥问道,但眼睛始终没有离开那几只死苍蝇。

"我的母亲对草药和其他植物都很了解。草药不都是好的,有的有毒,甚至可以在很短时间内毒死一个成年人。有些毒草药看起来很漂亮,就像毛地黄和桂竹香,但越漂亮毒性可能就越强。想想花园里美丽的夹竹桃,它浑身都有毒,你可以用它的任何部分制作老鼠药。如果不小心喝了它……"

"就会像宝拉一样……"马特奥强忍着泪水

说,"我去通知朱塞佩,让他把宝拉好好埋了,毕竟它是老师的爱犬。"

温琴佐点点头:"是呀,而且我们应该尽快弄清是谁给葡萄酒下了毒。都有谁可以进入地窖?"

马特奥仔细想了想说:"其实只有路易莎。她是管家,保管着所有钥匙,平时就把它们别在腰带上,方便进出任何地方。不过,她把它们看得很紧,应该没有人能从她身上拿走……嗯,通常来说是这样……"

"通常来说?"温琴佐追问。

马特奥犹豫着要不要开口。他很喜欢路易莎,她对他来说就像母亲一样,但偏偏现在很多证据都表明,她在参与这个阴谋。考虑再三,他还是把自己的推测告诉了温琴佐。

"你为什么觉得是她?"温琴佐问。

"嗯,我之前无意中听到一段对话,其中那个女人的声音我没能辨认出来,但她说,老师一直对他们很好。还有,昨天玛丽亚说路易莎规定只给老师喝好酒,嘱咐我千万不要把好酒倒给客人们。我觉得这些酒昨天就被下毒了,所以你父亲现在生病了。参与这场阴谋的很可能就是路易莎……还有朱塞佩。"

马特奥的脸上阴云密布,他多希望自己的推测是错的呀!

"马特奥,温琴佐,葡萄酒呢?"路易莎的声音从楼上传来。

两人吓得一哆嗦。是呀!老师还等着喝葡萄酒呢。

"现在怎么办?我们要拿什么酒上去?"温琴佐不知所措地问。

"肯定不能用这个!"马特奥简短地回答。

他一把抓起装有毒酒的陶罐，走出后门，飞快地把酒倒在了地上。

回到厨房后，他说："我们就说把酒弄洒了，只能再去拿新的了。我不相信所有酒桶都被下了毒。"

"为什么？"

"因为那样的话，每个人都可能会中毒，包括想害老师的人。这里所有大人都喝酒，甚至早饭时都会拿面包在热酒里蘸一蘸。如果所有大人突然间都生病了，那一定会引起怀疑的。"

马特奥说得很对——凶手藏在暗处,绝不想引人注意。温琴佐意识到现在的情况有多么凶险后,一时间腿都有些软了。

"好吧,让我去,我会留心是否有人看起来不对劲。"说完,温琴佐跑上了楼。他的心脏剧烈地跳动着,可怕的念头一直在脑海里盘旋。

虽然他才来没几天,对父亲的了解也不深,可温琴佐绝不想失去他,更不允许有人伤害他!绝对不行!然而他们现在还不能声张,对毒酒的事儿要守口如瓶,否则只会打草惊蛇。当然,也许说了也没人相信。现在只能寄希望于凶手能自己露出马脚。温琴佐深吸一口气,挺直腰板儿走进了房间。

伽利略还在盛怒之中,咆哮着说绝对不见医生。路易莎和萨尔瓦多试图说服他改变想法,却只换来了他对萨尔瓦多的警告:"够了!再多说

月光下的背叛

一句请医生的话，我就让你上不了大学！"

他像示威一样在头顶上挥舞着一盏银色的烛台，萨尔瓦多只能后退。路易莎顾不上飞溅的蜡油，一把从伽利略手中夺过烛台，把它放到了窗边的木箱上，确保他够不到。

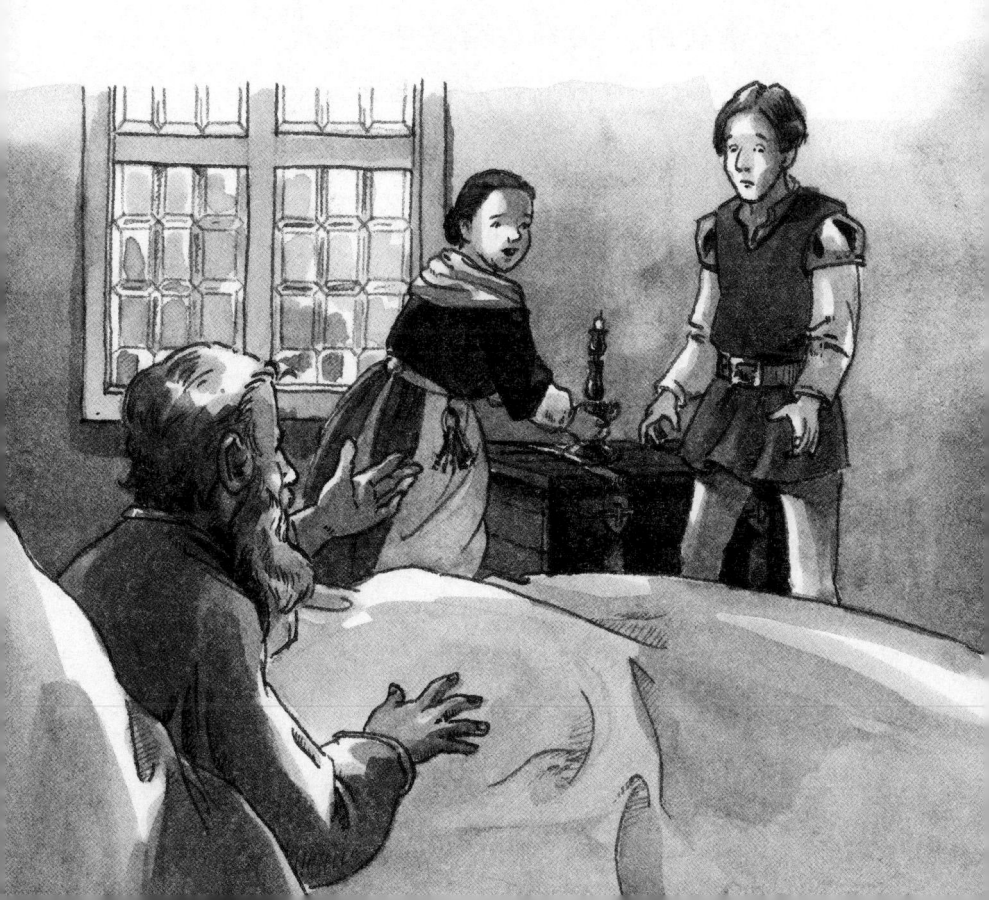

玛丽亚和比安卡躲在屋子的一角,看起来有些害怕,但受好奇心的驱使,她们又不想离开房间。

"葡萄酒呢?"路易莎没好气地问。

"对不起,我们……我们把它弄洒了,得去拿……拿新的。"温琴佐结结巴巴地说。

"真是够了!"伽利略气呼呼地说,然后筋疲力尽地倒在枕头上。

"我们马上去拿新的,但需要地窖的钥匙。"温琴佐又补充了一句。

路易莎眯着眼睛挑起眉毛:"钥匙?不,不,不能给你,谁知道你们会拿它干什么坏事儿呢。"

"我可以和他一起去。"比安卡提议。玛丽亚紧跟着说:"嗯,我也去。"

她们俩看起来十分不想和教授还有萨尔瓦

月光下的背叛

多待在房间里。是因为害怕伽利略？还是想确保能拿到有毒的葡萄酒？温琴佐看不透两人的内心。在这么混乱的情况下，实在难以分辨谁心里有鬼，谁又是清白的。大家都表现得像惊弓之鸟一样。

"还是我亲自跟你去吧！"路易莎最后决定，然后提起裙摆，带着温琴佐跑下了楼梯。

当他们走进厨房时,地上的宝拉已经不见了,马特奥正在用抹布擦拭地板上残留的葡萄酒。

"好吧,至少还有一个人有点儿脑子。"路易莎满意地咕哝道。她从自己的一大串钥匙中摸出地窖那把,打开门,摸索着走了下去。

马特奥和温琴佐紧跟在她后面。

"你们用得着像跟屁虫一样跟下来吗?"

"多个人帮忙能快点儿……"马特奥搪塞道,而路易莎也没再说什么。她从腰间拿出火石,点燃了一根竖在楼梯拐角处的蜡烛。片刻之后,跳动的烛光照亮了拱形地窖里长满苔藓的石墙。这里闻起来有一股霉味儿,湿冷的空气瞬间钻进了马特奥和温琴佐的身体。

"把陶罐给我。"路易莎说。

昏暗的烛光下,马特奥有些慌张地瞄了温

月光下的背叛

琴佐一眼。如果路易莎选的恰好是有毒的葡萄酒怎么办？不用他开口，温琴佐就明白了他的担忧。

"这个陶罐裂了，我再去拿一个。"

"那……"还没等路易莎说完，温琴佐就拿着陶罐跑上了楼，这总算给马特奥争取了一些时间。马特奥盯着满地窖的酒桶，大脑飞速运转着，到底哪一桶才是安全的呢？

过了一会儿，温琴佐慢悠悠地回来了，当看到马特奥向自己点头时，他松了口气。

"我知道了。"马特奥冲他耳语道。

哪个酒桶里是毒酒?

72

七
歧　　途

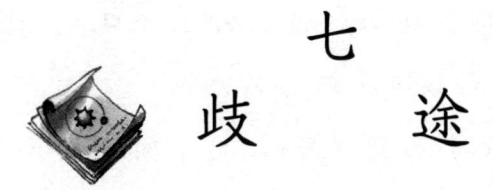

路易莎从温琴佐手中接过酒罐,放到一个酒桶下。

"那个不行!"马特奥喊道。

"为什么不行?"路易莎吃惊地问,"这是专门给教授准备的好酒。"

"正因为如此才不行。昨天老师就不喜欢喝那酒。"马特奥一脸认真地说。

"真的?"

"对,我也听说了……"温琴佐插进来帮腔。

路易莎有些疑惑地摇摇头,咕哝了一句"那好吧",然后换了一个酒桶。

马特奥和温琴佐长舒了一口气。老师暂时安全了,可接下去该怎么办呢?

当他们回到厨房时,这个问题还一直在两人的脑海里盘桓。路易莎塞给他俩一大盘馅儿饼和一个酒杯,吩咐他们送去教授的房间。

老师已经睡下了,萨尔瓦多坐在床边照看着,腿上放着一本书和一些笔记。当两个小家伙进去送餐的时候,他头都没抬一下,等他们退出去时也是一样。

谢天谢地,萨尔瓦多没喊他们去干活儿!两人心里欢呼着跑到了院子里。

路易莎已经得知宝拉离世的消息了,不过她还以为它只是太老了。此刻,她正站在院子里,和朱塞佩激烈地争吵着。朱塞佩起初不想给一只狗挖坟墓,最后还是在路易莎不给他吃饭的威胁下妥协了。路易莎跺着脚气冲冲地走回厨房,

一转身,悄悄用手擦掉了脸上的泪水。

　　看到这一幕,马特奥也有些哽咽,他是多么不愿想起宝拉的事情啊!

　　"你们俩没事儿做吗?唉,我也想这么清闲!"

　　玛丽亚的声音把马特奥从悲伤的情绪中拉了出来。

"今天还有好多活儿要干呢!"

说着,玛丽亚把马特奥和温琴佐赶回了屋里,先是让他们清扫所有房间,在地板上撒些新鲜的香草,接着让他们把洗好的衣服晾起来,再去井里打水,最后还要把烧火的木柴劈好。

"差不多就得了,玛丽亚,他俩还是孩子。"

比安卡一直看着玛丽亚对两人呼来喝去,

月光下的背叛

最后实在忍不住,把斧头从马特奥手中拿走了。玛丽亚愠怒地瞪着她,说:"我在他们这么大的时候,已经开始努力挣钱了。空闲时间过多只会让他们想着怎么调皮捣蛋。"

"他们哪有什么空闲时间,还不是得整天读书。"比安卡回敬了她一句。

玛丽亚生气地转身离开了。

比安卡把斧头砍进木桩,冲马特奥和温琴佐使了个眼色:"我得离她远点儿,她今天一点火就着。"

说完,她重新拿起自己那篮鸡饲料,朝鸡舍走去。

"总算摆脱玛丽亚了!"马特奥欢呼道。

"她太可怕了!"温琴佐深表同意,"幸亏比安卡来了。她对我们真好。"

"是不是有点儿太好了?也许她只是不想

引起咱们的怀疑？"马特奥猜测着，然后托着下巴陷入了沉思。和玛丽亚相比，他其实更喜欢比安卡，但她俩的行事风格太像了，连说话的腔调都一模一样。不，他现在谁也不能相信！别忘了还有朱塞佩，他在这场阴谋中又扮演了什么角色呢？马特奥把他的想法一股脑儿地告诉了温琴佐。

"也许朱塞佩与整件事情无关？"温琴佐提出了另一种可能。

月光下的背叛

"你为什么这么想?"

"也许你无意中听到的那段对话也和阴谋无关?因为朱塞佩实在没什么值得怀疑的。他早早地起床,然后就去种地,晚上也很早就回自己的房间了。到了星期天,他会去教堂,除此之外……"

好吧,除此之外也没有什么可说的了。朱塞佩经常心情不好,唯一会给自己买的"奢侈品"就是嚼烟。他既不去酒馆玩骰子,也不会把微薄的薪水花在打牌上。他总是独来独往,而且和玛丽亚一样脾气暴躁。这会让他显得很可疑吗?

马特奥耸了耸肩,眯起眼睛遥望着远处的夕阳。不知为何,他总觉得自己忽略了什么事情——一件非常非常重要的事情,可偏偏怎么也想不起来了。

"嗯,希望今晚我们能有所发现……"

"你们想发现什么?"

两个小家伙一转身,就瞧见路易莎充满疑惑的脸。

"想知道你晚饭有没有做什么好吃的!"温琴佐张嘴就来。

路易莎被逗得哈哈大笑。

"那好吧,跟我进厨房看看吧!"

当马特奥拿起最后一片烤面包去蘸酱时,他感觉自己撑得就像吃下了整只烤乳猪。很快,他就昏昏欲睡了。这时,温琴佐推了推他的肩膀:"天快黑了,月亮已经升起来了。"

一听这话,马特奥立马清醒过来。他和温琴佐悄悄溜出厨房,没惊动任何人。

"待会儿出门的时候也要小心,别让人看到。"两人来到院子里,马特奥低声嘱咐。

温琴佐点点头,然后快步走到无花果树旁。

月光下的背叛

马特奥左右张望了一下,跟了上去。很快,他们就没入了无花果树的浓荫里。

不一会儿,朱塞佩出现在院子里,他是来点火把的。其他人应该都回屋休息了吧。就是现在!两人像猫儿一样悄无声息地溜出了院子。

直到踏上尘土飞扬的乡间小路,他们才加快

了脚步，最后气喘吁吁地来到了大公家庭院的围墙边。

"幸亏大公和他的家人还在佛罗伦萨，否则我们永远别想在守卫的眼皮子底下溜进去！"马特奥低声说。他跟在温琴佐身后，顺着一棵老槐树粗糙的树干爬进了院子里。

院墙内古老的栗子树、榆树和橡树沐浴着满月洒下的银色光芒，在地面上投下了长长的影子。

马特奥在前，温琴佐在后，两人跑过宽阔的石子儿路、精美的石像和波光粼粼的池塘，来到了圆形剧场。他们爬上一级又一级台阶，来到了最高处。

"我们在这儿能听到舞台上所有的对话，就像站在他们旁边一样。"马特奥小声说着，藏进了石凳的阴影中。温琴佐也猫在了他旁边。

月光下的背叛

一阵微风吹起,带来了夜晚芬芳的气息,还有远处蟋蟀的鸣叫声。轻风拂过杨树的枝头,树叶被吹得摇摇颤颤,沙沙作响。可这些在马特奥眼中,仿佛就是密谋者的窃窃私语。

"看!有人来了!"温琴佐突然指了指舞台,悄声说道。

确实,密谋者出现了!一共有三个人,都身披斗篷,让人难以辨认。当三人的谈话声传过来时,马特奥立马屏住呼吸,仔细听着。

"任务完成了吗?"一个男人问。

"还没。"一个女人回答。

"还没?!"

男人凶狠而严厉的声音一定是把女人吓着了。她沉默了半晌,才怯生生地作答:"计划失败了……"

"怎么搞的?明天再给你一次机会!别再出

什么差池！"

"快，咱们去看看到底是谁！"温琴佐焦急地拉起马特奥跑下台阶，还要小心不发出任何声音。可等他们到了舞台上时，三个密谋者早已无影无踪了。

"可恶！现在怎么办？"温琴佐懊恼地挠挠

头，一时没了主意。

"是的，我也想知道！"一声低沉的威吓忽然从他们身后响起，紧接着有人一把抓住了他俩的衣领。马特奥吓了一跳，赶紧出手反击。挣扎中，那人的帽子从头上滑落，露出了藏在下面的脸。

"萨尔瓦多！"马特奥喘着粗气，惊愕得叫出

85

声来。

"你们在这里做什么?"萨尔瓦多加大了手上的力道。

"我们还想问你呢!"马特奥不甘示弱。

萨尔瓦多眼里闪过一丝慌乱。趁此机会,马特奥奋力挣脱了控制,一脚踢在萨尔瓦多的小腿上,把温琴佐也救了下来。

"跟我来!我知道离开花园最短的路!"马特奥大叫着先跑了。

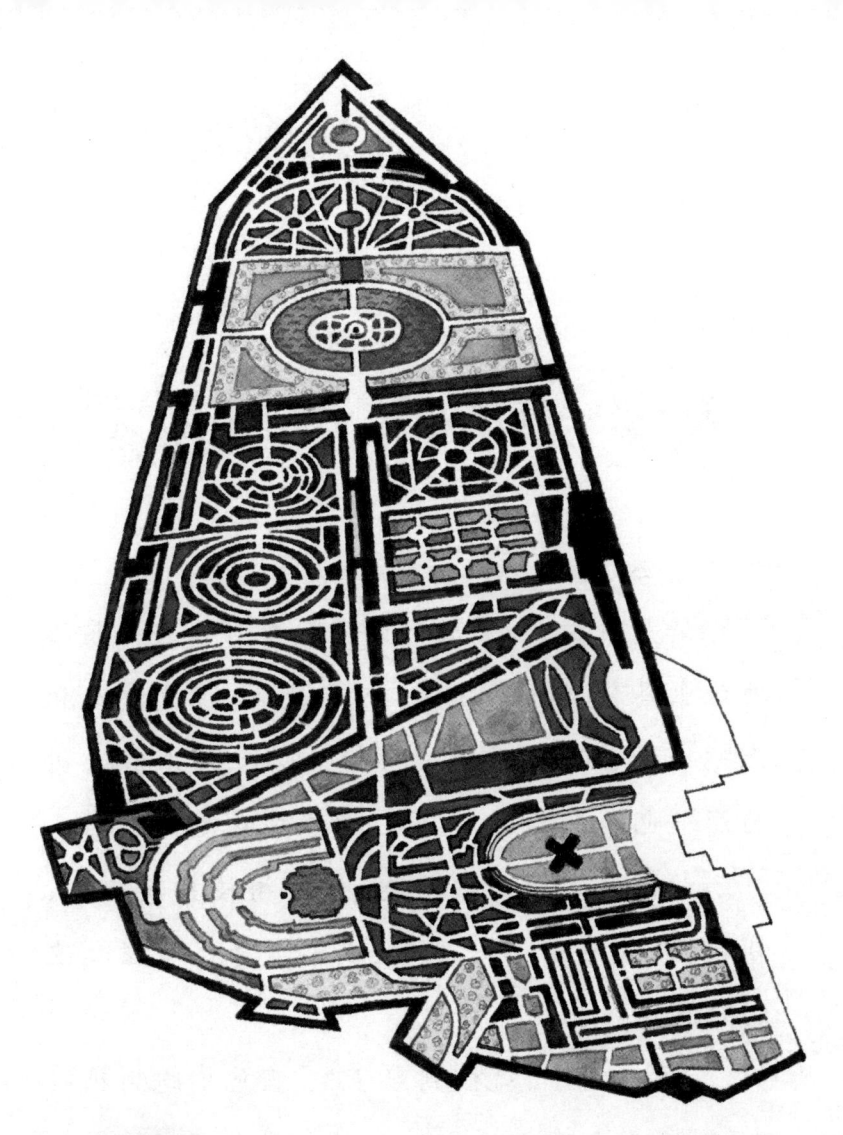

注：他们此时身处"X"处。

离开花园最短的路是哪条？

八
背叛者与同盟者

若是在白天,高大的萨尔瓦多可以轻而易举地追上马特奥和温琴佐。但在夜晚,满是岔路和死胡同的花园就像迷宫一般,石像、灌木和大树的影子也和人影无二,这让两人成功甩掉了他。

马特奥拼命地往前跑,任由树枝打在脸上、划破衣服,他唯一关注的是身后是否还有温琴佐的喘息声。

"没多远了,就快到家了!"当他们跑到花园出口时,马特奥在心里给自己加油打气。但这乡间小路似乎没有尽头,也不知又跑了多久,他们都上气不接下气了,才终于回到了别墅。院门已

月光下的背叛

经上锁,马特奥此刻只想坐下来,靠在还带着阳光余温的石墙上休息会儿。

"别停下,他很快会追上来的。"温琴佐气喘吁吁地说。他双手交叉搭了个支架,让马特奥踩着爬上墙头,再把自己拉上去。

"去马厩!如果现在回屋会把所有人吵醒的,萨尔瓦多肯定也会先去房间堵我们。"马特奥提议。他用最后一点儿力气跌跌撞撞地跑到马厩,打开门溜了进去。温琴佐紧随其后把门关上,也学着马特奥的样子一头倒在了草堆上。

马厩里面的一匹马听到声音打了个响鼻,一头牛也跟着轻轻地"哞"了一声。

"轻一点儿,别惊动牲口,不然萨尔瓦多马上就能找到我们。"马特奥压低声音说,此刻他仍在喘着粗气。

温琴佐点点头,示意他再往里挪一挪。

"萨尔瓦多居然是密谋者之一!你想得到吗?"过了一会儿,温琴佐问道,同时把头发里的干草扯下来。

"老实说,完全没有。"马特奥轻声回答,"我从追随老师的第一天起就认识他了,我以前一直以为他敬爱并且崇拜老师。他总是把笔记写得那么整齐,求知欲又强,而且把老师说的每个字都记在心里。"

"正因为如此,他也对我父亲所有的学说了如指掌。他知道父亲在研究什么,想用哪些证据

月光下的背叛

来证明是地球在转动而不是太阳在转动。他可以随时把这些信息交给父亲的反对者。"

"所以我们得赶紧提醒你父亲。"

"我劝你们少插手!"

马特奥一转身,看到萨尔瓦多居然就站在他们身后!他一定是趁他们聊天儿时偷溜进来的!也只有穿着软皮鞋的他才能做到如此悄无声息!

皎洁的月光透过马厩的窗户射进来,映照出

萨尔瓦多布满阴霾的面孔。还没等马特奥跳起来,萨尔瓦多已经一把抓住他的衣领,把他摁回了草堆里。马特奥不断挣扎着,试图再次从萨尔瓦多手中挣脱,他能感觉到一旁的温琴佐也在对萨尔瓦多拳打脚踢。可萨尔瓦多的手抓得太牢了,好似一把老虎钳,把他们死死地钉在那里。

"安静!非要把别墅里的人都吵醒吗?"萨尔瓦多用嘶哑的嗓音说。

"正好,这样我们就有救了。"马特奥喘着粗气,咬了萨尔瓦多一口。

"啊,别!咱们是一边的。我知道这场阴谋,也知道老师有生命危险!"

马特奥和温琴佐同时停了下来。他说什么?马特奥困惑地看向萨尔瓦多,只见他严肃地点了点头。

"真的,所以我也去了大公家。"萨尔瓦多把手上的力道减小了些,但没有完全松开手。他接

月光下的背叛

着说:"我看到朱塞佩在院子里和一个蒙面人会面,然后两人一起出去了。他明明只有在去教堂时才离开别墅。我很好奇他这么晚了还要去外面干什么,便跟踪了他。"

"那个蒙面人是谁?"温琴佐激动地问。

"我不知道,看身形像是玛丽亚或比安卡,不过我迟早会弄清楚的。从现在开始,你们两个就别插手了,这太危险了!"

"但是……"马特奥还想说些什么,萨尔瓦多一把把他拉到身前,压低声音说:"没有但是,你们根本不明白这件事情牵扯的是什么——它牵扯到了权力和死亡!如果伽利略老师证明了是地球在转动而非太阳,就等于打了教会中那些谴责他的人的脸!想想乔尔丹诺·布鲁诺[①]的下场……"

[①]乔尔丹诺·布鲁诺,文艺复兴时期意大利思想家、哲学家。他捍卫日心说,主张宇宙是无限大的,最终被判为"异端"并被烧死。

萨尔瓦多像拎小鸡一样把马特奥扔到一边，愤怒地瞪着他。马特奥没再说话。是呀，他知道布鲁诺的命运，也知道其他那些挑战教会权威的人的命运。现在，老师也走上了这样一条危险的道路。

"所以，别再插手这件事情了！"说完，萨尔瓦多也松开了温琴佐，一转身离开了马厩。过了一会儿，两人仍能听到他的鞋发出的轻微的嗒嗒声。

月光下的背叛

马特奥揉了揉脖子。不,这不是梦,做梦不会在脖子上留下乌青的抓痕——虽然这是他第二天早晨才发现的。

"你相信他说的吗?"温琴佐问。

"我不知道。但我知道我不会被吓倒。真相是唯一的,你父亲总是这么说,而我一定要查明真相!"马特奥坚决地答道。他感到自己无所畏惧,就好像刚刚徒手战胜了一头狮子一般。

"嗯!我也一样!我们一定要找出是谁真正参与了这场阴谋,是谁给父亲写了恐吓信,又是谁和这个藏在暗处的人狼狈为奸。"

"其中一定有朱塞佩。"

"你对他了解多少?"

"不多。他几个星期前才来这里做工,我不知道他之前是干什么的。但那个女人又是谁呢?她一定有某种方法可以进出地下室。虽然路易

莎声称她的钥匙从不离身,可说不定有人能趁她睡着把钥匙偷走。"

马特奥把脸埋在手里。唉,这一切都太难了!

"也许我们可以从毒药上找到突破口。"温琴佐沉默半晌,开口说,"毒药可能来自厨房后面的香草园,说不定在药草和香草之间生长着一些不显眼但有剧毒的东西。"

马特奥一下跳了起来:"那我们快到香草园里去,不过要小声点儿!"

他们像小老鼠一样蹑手蹑脚地溜出马厩,跑进了香草园。在满月的照耀下,整个园子像披上了一层神秘的面纱。

两人小心翼翼地在一排排标记好的田地中搜寻,时刻注意着不要遗漏任何踪迹或线索,更不要触碰到有毒植物。但是他们一无所获。

正当马特奥要放弃的时候,温琴佐轻轻吹了

月光下的背叛

个口哨儿,然后得意扬扬地叫了一声:"来!"马特奥一跃来到了他身边。

"有什么发现?"

"毒参!在那儿,你看到没?"温琴佐指着花园最后面、挨着房子墙角的一株植物说道。

可是,马特奥摇摇头:"我只看到了欧芹。"

"毒参的叶子看起来很像欧芹的,可如果你

把鼻子凑过去,就会闻到刺鼻的老鼠尿味儿。咱们发现宝拉中毒的时候,我就闻到了这种气味,只不过非常轻微,估计是被厨房的油烟味儿遮盖住了。"

"这我倒没注意,但我注意到了另一件事儿:有人在我们之前来过这里。你看地上的脚印,看起来这个人是来寻找什么,说不定就是来找毒参的。"

"我们知道这个人是谁。别墅里大多数人都穿木拖鞋,但这些脚印显然不是木拖鞋留下的。"温琴佐很有把握地说。

脚印是谁的？

九
小 偷 儿

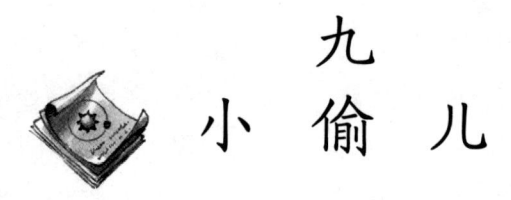

"所以萨尔瓦多骗了我们!"温琴佐愤愤不平地感叹。

马特奥一动不动地盯着这些脚印。证据是确凿的,这让他很难接受。不知怎么的,他还挺喜欢那个瘦瘦的、像树干一样的萨尔瓦多,虽然他总是那么傲慢、孤僻,但从不粗鲁待人,除了今天。

"嗯,天亮后我们必须得告诉你父亲了。虽然萨尔瓦多撒了谎,可他有一点说得没错:这件事儿太危险了。"

一阵微风吹过,乌云遮住了满月,四下里顿

月光下的背叛

时一片漆黑,连蟋蟀都停止了鸣唱。马特奥跟在温琴佐后面悄悄溜进了房子。

别墅里十分安静,看起来大家都睡着了。可萨尔瓦多现在在哪儿呢?朱塞佩呢?他俩有没有碰头?马特奥不知道。他跟在温琴佐身后走上楼梯,心脏怦怦直跳,生怕哪一步踩重了,让脚下的木板发出声响。

突然,远处传来猫头鹰的叫声,两人吓得一哆嗦,赶紧停了下来。他们侧耳一听,幸好没惊动任何人。

等终于回到阁楼,关上身后的房门后,两人才长舒了一口气。没人听到他们的动静,也不会有人问他们为什么深夜还在走廊里游荡了。明天一早,他们要尽快把整件事情的来龙去脉告诉伽利略,让这场阴谋败露。马特奥这么想着,心情放松了许多。直到这时,他才注意到自己的衣

服上满是破洞。

"路易莎会不高兴的……"他用手指穿过其中一个破洞,咕哝道。说完,他就倒在床上,闭上了眼睛。

"希望明天你父亲能相信我们说的话。"他最后又含糊不清地补充了一句。

"是呀,希望如此。"温琴佐应道。他透过天窗凝望着夜空,过了很久才睡着。可即便入睡了,他整夜也是辗转反侧。第二天早晨起床时,他顶上了两只熊猫眼。

"我很久没睡得这么糟糕了。"他哈欠连天地抱怨着。

"我也是。"马特奥带着疲惫的微笑回答。紧接着,他催促温琴佐快些收拾。太阳已经升起,院子里慢慢热闹起来了,他们必须尽快去找伽利略,好让他了解家里发生的这一切,也好让他提起注

月光下的背叛

意。

但事情进展得并不顺利。就在他们要冲进伽利略的房间时,路易莎从里面走出来,挡在了他们面前。

"等等!你们这么着急是要去哪里?"
"我们必须马上见老师。"马特奥说。
"现在不行。"路易莎寸步不移。
"他的病情恶化了?"温琴佐声音颤抖地问。

路易莎轻轻地摸了摸他的头。

"不,他很好,痛风已经过去了。不过现在里面有客人,法尔科内神父来了,他们有重要的事情要谈。"路易莎咳嗽了两声,压低声音补充道,"如果可以的话,我也不想进屋,这个神父太让人讨厌了。可我不得不再进去一趟,好看看他们是否还有其他需要。但是你们两个快去楼下,那儿一定有活儿等着你们。"

温琴佐点点头,拉着马特奥就走,但马特奥明显有些抗拒。等路易莎一进房间,他便说:"我们应该再坚持一下的。"

"先去看看毒酒桶还在不在。如果还在,我们就有证据了,那样父亲才会相信我们。"

"可我们怎么进酒窖呢?"马特奥一边问,一边跟着温琴佐走下楼梯,进入厨房。

仿佛昨日重现,温琴佐又突然停了下来,马

月光下的背叛

特奥也再一次撞到了他背上。温琴佐轻嘘了一声说:"喏,你看那儿……"说着,他指了指地窖敞开的门。

马特奥一下子跨到了地窖门口。

"锁是被撬开的。"

"嗯,那我们可以直接去检查酒桶了。"温琴佐说着就要往里冲,却被马特奥一把拉住了。

"咱俩一个下去,另一个守在门口,不然有人看到,还以为是我们撬的锁。"

"好,那我下去。"

马特奥从厨房的架子上抓起火石,点燃一根蜡烛递给了温琴佐。等温琴佐下去后,他便站在门口仔细听着,以防有人突然走进厨房。就在他听到楼上传来声音,想告诉温琴佐的时候,温琴佐突然走了上来,吹灭蜡烛后喘着粗气说:"毒酒桶不见了!"

"不见了?"

"对,就是不见了,消失了!"

"先离开这儿,我觉得路易莎要来了……"

马特奥拉着温琴佐跑到了屋外的香草园里。下一刻,他们便听到了路易莎愤怒的尖叫声。

"天哪!是谁把地窖的门撬开了?!"

马特奥和温琴佐像松鼠一样敏捷地跳出园子,然后从前门跑回了别墅。

"我们得赶紧找到那个酒桶!"温琴佐压低声音说。

马特奥默默地点点头,绞尽脑汁地思考着。酒桶可能被藏到了哪里呢?他环视整个门厅,只看到了那些寻常的物件:一条长凳,一个箱子,还有两个在厨房里放不下的木桶。他的目光转向敞开的房门,看到朱塞佩站在院子里,正要去磨镰刀,比安卡在喂鸡,玛丽亚正从井里打水。他

月光下的背叛

还看到法尔科内神父的马车停在院子中央,有人给马准备了草料。一切看起来都是那么平静祥和,那么正常。

但突然间,马特奥愣住了。他定睛一看,赶忙招手让温琴佐过来。

"我看见那个毒酒桶了!"

那个毒酒桶被藏在了哪里?

十 惊 喜

"还真是,它看起来和地窖里的酒桶一模一样!"温琴佐激动地小声说。

马特奥没有回话,他被玛丽亚的动作吸引住了。她刚从井里打了一桶水上来,瞄了一眼马车,突然慌张地把水桶扔回井里,一边给朱塞佩使眼色,一边快步跑到马车旁。朱塞佩停下手中的工作,抬起头。玛丽亚指了指酒桶,朱塞佩这才反应过来,赶忙来到她身旁。他们拿起用粗亚麻布做的罩子把酒桶盖好,然后用绳子束紧,好使罩子不再滑落。

马特奥和温琴佐对视了一眼,恍然大悟。原

来那个女人是玛丽亚,而法尔科内神父就是那晚的第三个人!毫无疑问,朱塞佩和玛丽亚企图把毒酒桶藏进神父的马车里,让神父悄悄带出去。而此时,马特奥也想起了他一直忽略的事情:在大采购那天,是朱塞佩把酒桶放进地窖的。当其他人都忙着为老师回家做准备的时候,他想神不知鬼不觉地在酒里下毒一定很容易!

"走,去找你父亲!"马特奥愤愤地说。

他俩急匆匆地跑上楼,来到伽利略的房间。伽利略正站在窗边,身旁是法尔科内神父和萨尔瓦多。当马特奥和温琴佐冲进来时,三人转身看向他们,法尔科内神父还在大声说着:"如果您不放弃自己的异端邪说,我保证您会被定罪!"

伽利略没有理会他,而是皱着眉头,愠怒地盯着温琴佐和马特奥。

"不知道敲门吗?!这么着急忙慌地闯进来

月光下的背叛

干什么?"

"父亲,我们有件重要的事情必须马上告诉你……"

温琴佐刚开口,就被萨尔瓦多打断了,他的表情同样不悦。"我这就把他们带出去。"萨尔瓦

多对老师说。

"不！这件事情真的很重要！"马特奥目不转睛地盯着老师，拼命地想要说服他，而老师只是嘟囔着摇了摇头。

"您连自己的儿子，甚至一个小小的学生都管教不了，还妄想改变世界吗？"法尔科内神父冷笑着转身看向窗外。

"老师，有人要毒害您！"马特奥直接说了出来。

伽利略听完哈哈大笑。

"什么？毒害我？是玛丽亚把饭做好了吗？她的厨艺的确是太差了……"

"对，是玛丽亚！她伙同朱塞佩给您的酒下了毒，宝拉就是这么被毒死的。然后……"

"小子，你在乱说些什么？"伽利略打断马特奥，把他拉到近前，严肃地盯着他的眼睛，"不要

月光下的背叛

拿这个开玩笑,可怜的宝拉明明是老死的。"

"不,父亲!"温琴佐站到马特奥旁边说,"酒被下毒了,用的是园子里的毒参。它就长在墙角那里,不信您去看!"

"原来真的是毒参!我之前看到它时还不确定……"萨尔瓦多插嘴道。

马特奥听了有些迷惑,萨尔瓦多不是和叛徒一伙的吗?而温琴佐根本没理会萨尔瓦多,继续说道:"现在毒酒已经从地窖里消失了。他们为了销毁证据,把酒桶偷了出来,藏到了这个神父的马车上!"温琴佐说着,用手指向法尔科内神父。

神父转过身来,他的脸色

苍白如纸，转瞬间又涨成了猪肝色。

"你血口喷人！"他大声喊道，声音因为愤怒而颤抖着。

伽利略震惊得倒吸了一口凉气。"你知道你在说什么吗，孩子？"好半天他才说出话。

"地窖的锁被撬了，而且真的少了一个酒桶！"这时，路易莎气哼哼地冲进房间，一副要当场教训肇事者的样子，"刚才的话我都听到了，我只能说，是的，这里的确有些不对劲！"

"我不想再听下去了。在改变宇宙秩序之前，您还是先整理整理您家的秩序吧！"法尔科内神父讽刺地说，然后便想迈步离开。萨尔瓦多一个箭步来到他旁边，紧紧抓住了他的衣服袖子。法尔科内神父的眉毛立了起来。

月光下的背叛

"你想对一个神父动手吗?"

"问题是,谁在对谁动手!"伽利略的声音响彻整个房间。他站到法尔科内神父面前,胡须颤抖着,眼中怒火熊熊。

"现在,我要去拿那个酒桶,毕竟它是我的,不是吗?"

法尔科内神父张了张嘴,却无从辩驳,干脆闭口不言,他此刻看起来就像一条放在砧板上的

鱼。伽利略冷冷地点点头。

"这个回答对我来说足够了。所以,我的儿子和学生没有撒谎,你的确想毒死我,还是在我自己的房子里!走,以后永远不要再出现在这里!"

法尔科内神父攥紧了拳头又松开,最后说道:"总有一天,你会因为自己的邪说而被判刑,走着瞧!"说完,他愤愤地离开了房间。

"那也不会是今天,更不会是在这里。走吧,别忘了带上你的帮凶!还有,地球,它仍然在转!"伽利略在他身后喊道。

"就这么放他走了?"温琴佐难以置信地问。

伽利略搂了搂他的肩膀。

"对。控告他对我毫无益处,还会让话题不可避免地回到我的研究上。况且这个神父不好惹,他一定会歪曲事实,转移焦点,最终把我送到被告席上。"

月光下的背叛

"那朱塞佩和玛丽亚呢?也这么算了?"马特奥插嘴问。

"他们只是太过单纯,对天文学和数学一无所知,所以无法求证我说的是不是真的。有时候,无知的人恰恰是最痛恨知识的。"

"好吧。但是不管怎样,愚蠢不是逃脱惩罚的借口,所以他们两个吃不到我做的奶酪团子了,这就是他们现在得到的惩罚!"路易莎气鼓鼓地说完,快步走出了房间。

伽利略哈哈大笑,其他人也放松了下来。

第二天早晨,马特奥和温琴佐坐在书房里,一起聊着伽利略告诉他们的事儿。

"朱塞佩以前在修道院当过仆人?所以他才认识法尔科内神父?"温琴佐仍然无法相信。

"是的。那封恐吓信是另一个神父塞给萨尔瓦多的。果然如马拉菲神父所说,这场针对老师

的阴谋牵扯面太大了。对了,玛丽亚也来自那个修道院,她在那儿的厨房工作过。"马特奥摆弄着他那支用来画素描的炭笔说。

"萨尔瓦多偷笔记是为了阻止父亲当晚把它们展示给客人看。他只是想保护父亲,而不是企图盗窃。"温琴佐补充道。

"温琴佐,马特奥,快下来!给你们一个惊喜!"路易莎的声音从厨房里传来。

马特奥立即把笔扔到桌上,跟着温琴佐跑下了楼。是有蜂蜜饼干吗?两人一冲进厨房,顿时叫出声来。

一只毛茸茸的小狗摇着尾巴,憨态可掬地朝他们跑来。

"这是皮科拉①,刚被送过来。"路易莎低声说着,擦了擦眼角欣喜的泪水。

---

①译者注:这个名字来自意大利语,意思是"小,年轻"或"小个子"。

月光下的背叛

"嗯,我不确定皮科拉是不是一个合适的名字……这只小狗看起来会长成大块头,看看它那大爪子和大长腿……"萨尔瓦多自言自语,上下打量着小狗,此刻它正开心地舔着马特奥的手。

"这个名字很合适!倒是你,什么时候才能

不再长个儿？"路易莎不高兴地回敬了一句。说完，她宠溺地把皮科拉抱到胸前。

"啊，这是新来的家庭成员吗？"伽利略走进厨房，笑着挠了挠小狗的耳朵，皮科拉惬意地咂了咂嘴。他又从盘子里拿起一小块儿蜂蜜蛋糕，

月光下的背叛

扔给了它。

"它还不能吃!这对它可不好!"路易莎被吓得不轻,可伽利略只轻描淡写地咕哝了一句:"可它也要长身体呀。"然后他一把抱过皮科拉,去花园散步了。

马特奥看着老师的背影出神。是呀,他就是这样一个人,有时全神贯注于自己的工作,有时喜欢斗嘴,有时犯了错又不愿意承认,但他仍然是世界上最好的老师!马特奥欣然舒了口气,转身看向正在偷吃蜂蜜蛋糕的温琴佐。

"但愿你父亲不会再卷入任何麻烦……"

"我不知道。真理是唯一的,他将永远捍卫真理。对他来说,地球真的不是静止的。"

答案

一、神秘的影子

马特奥从驼背的影子认出了朱塞佩。

二、惹来祸端的著作

把词语的顺序重新排列：从左向右，奇数位置的词语放在前面，偶数位置的词语倒序放在后面。重新排列后的信息是：承认地球静止，否则要你好看！

三、撒谎的人

当马特奥和温琴佐向萨尔瓦多询问纸条的事情时，萨尔瓦多正在整理老师桌子上的笔记，所以他应该对它们相当熟悉。如果这些笔记出现在别的地方，那一定是萨尔瓦多干的，因为除了他们三人，房间里没有别人。

四 神秘信息

当金星维纳斯被满月照亮时，我们舞台上见。

五 有毒

宝拉是被酒毒死的。桌上的酒杯翻倒了，宝拉舔食了洒在地上的毒酒。

六、坏人会露出马脚吗

只有一个酒桶下面有一小摊酒,这说明不久前肯定有人从这个酒桶里取过酒。

七、歧途

八 背叛者与同盟者

脚印是萨尔瓦多的,因为只有他穿的是软皮鞋。

九 小偷儿

毒酒桶半掩在法尔科内神父马车上的粗亚麻布罩子下。

伽利略·伽利雷生平大事年表

1564 年　伽利略·伽利雷出生于意大利比萨。
1580 年　伽利略在比萨大学开始学习。
1586 年　伽利略发明了可以方便地测定各种合金的密度的天平。
1589 年　伽利略被任命为比萨大学数学系的教授。
1589 年—1591 年　伽利略对自由落体运动作了细致观察,推翻了亚里士多德提出的"重物比轻物下落快"的观点。
1592 年　伽利略被任命为帕多瓦大学教授。他发明了比例圆规和一种能够精确测定热量的装置(早期温度计)。
1600 年　伽利略的第一个孩子弗吉尼亚出生。

1601 年　伽利略的女儿利维亚出生。

1604 年　伽利略发现了自由落体定律。

1605 年　伽利略成为佛罗伦萨王位继承人的导师。

1606 年　伽利略制作了一个温度计。儿子温琴佐出生。

1609 年　伽利略制作了一架望远镜，并用其观测到月球表面是不平整的。

1610 年　伽利略发现木星的卫星，撰写的《星际信使》出版，发现了太阳黑子。

1611 年　伽利略发现金星和水星围绕太阳旋转，并发现了太阳的自转轴。

1612 年　伽利略的《水中浮体对话集》在佛罗伦萨出版，这是现代科学的一座里程碑，因为它为实验物理学奠定了基础。

1615 年　伽利略被人在宗教裁判所指控。

1616 年　伽利略写成《论潮汐》，想借此再次证明哥白尼的观点：是地球在运动，而不是太阳。同年，他在罗马接受了一场审判，在审判结束时，被迫发誓不再传播有关地球自转的理论。

1617年　伽利略制作了一架望远镜，可以测定海上的经度。

1632年　伽利略的著作《关于托勒密和哥白尼两大世界体系的对话》出版。

1632年—1633年　伽利略接受审判，被迫放弃自己的学说以保命。判决由监禁变为软禁。之后，他搬去了佛罗伦萨附近的阿切特里。

1638年　伽利略完全失明，但依然完成了两部作品，其中包括《论两种新科学及其数学演化》。

1642年　伽利略在意大利阿切特里逝世。

但它仍然在转哪

　　伽利略·伽利雷是否真的说过这句名言,在今天仍有争议,但可以确定的是,人们会一直把这句话和这位伟大的天文学家联系在一起。这句话总结了伽利略最重要的理论:是地球在动,而非太阳!

③ 地心说和日心说

托勒密的见解

在伽利略那个时代,大多数的学者做研究都是以古代著作为基础的,这些著作里的见解被认为是不容置疑的真理,其中就包含希腊数学家、天文学家和地理学家托勒密的著述。他认为地球是宇宙的中心,其他天体(太阳、月亮、其他恒星和行星)都围绕地球运动,而地球静止不动。

哥白尼与开普勒的研究

尼古拉·哥白尼颠覆了中世纪的世界观。他通过对恒星的观测和对行星轨道的计算得出结论——太阳才是宇宙的中心，地球和其他行星都围绕它旋转。此外，他还发现了地球在自转。但由于哥白尼用于推演的计算非常不精确，其观点在当时被认为是一位神经错乱的科学家的臆想。

17世纪，德国天文学家、数学家约翰尼斯·开普勒发现了行星运动的定律，证明了哥白尼的观点是正确的。

这两位科学家为伽利略·伽利雷的研究奠定了基础。

地心说观点

托勒密和当时的一些学者认为,地球是宇宙的中心。这种观点被称为地心说。

日心说观点

然而,尼古拉·哥白尼、约翰尼斯·开普勒和伽利略·伽利雷持有不同看法,他们试图通过研究证明日心说的观点。今天我们已经知道,太阳的确是太阳系的中心。

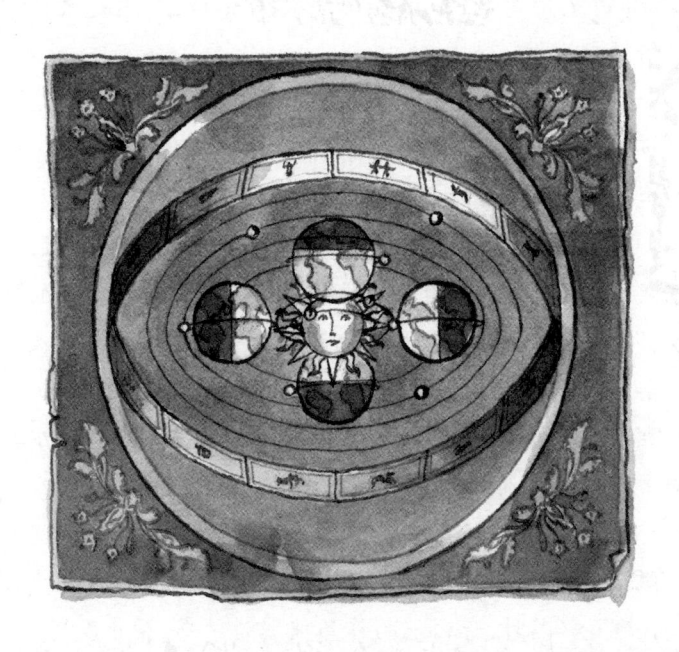

伽利略对于行星运动的见解

起初,伽利略·伽利雷也怀疑哥白尼的日心说的正确性,直到荷兰出现了第一架望远镜。他仿造了一架,一遍又一遍地改进它,然后开始用它观测宇宙。他所看到的,加上他仔细的记录和多次验证,都指向了同一个结论:哥白尼是对的,地球在围绕太阳旋转,而不是太阳围绕着地球旋转。

这个结论遭到了世人的嘲笑,并没有被认真对待。很少有人能想象到地球会自转——不然人们一定会感受到地球在动啊!

伽利略的雄心壮志并未就此磨灭,他开始以自己的方式解释《圣经》中的有关段落。这给他带来了更大的麻烦,几乎要了他的命。因为他不是教会神职人员,不被允许解释《圣经》,更别说质疑了。这些观点在当时被认为是邪说、异端,伽利略很有可能被处以火刑,就像乔尔丹诺·布鲁诺因为论述宇宙的无限而遭到的惩罚一样。

1616年,伽利略被传唤到罗马接受审讯。虽然他侥幸逃脱了异端判罚,但被要求发誓永不再传播哥白尼的日心说理论。同时,哥白尼的作品被划为禁书,禁止发行。

审　　判

后来，伽利略并未遵从教会的命令。他写了一本书，用对话的形式让学者们谈论不同的世界观，这本书叫《关于托勒密和哥白尼两大世界体系的对话》。虽然他承诺自己不再宣扬哥白尼的学说，但在书中，他通过学者交流的方式还是间接宣扬了。这本书获得了教皇的准许，得以发行，但也最终触发了1632年至1633年间对他的审判。

面对审判，伽利略只有一种方法能挽救自己的生命，那就是他必须发誓放弃并否认自己的学说。通过这种方式，他得以逃脱死刑，而"只是"被判处监禁。后来传闻他虽然在法官面前放弃了自己关于地球运动的所有理论，但在离开法院时曾经低声说道"但它仍然在转哪"！

对伽利略的监禁后来改判为软禁。直到1992年11月，教会才承认对伽利略·伽利雷的判决是错误的，而时间已过去了三百多年。

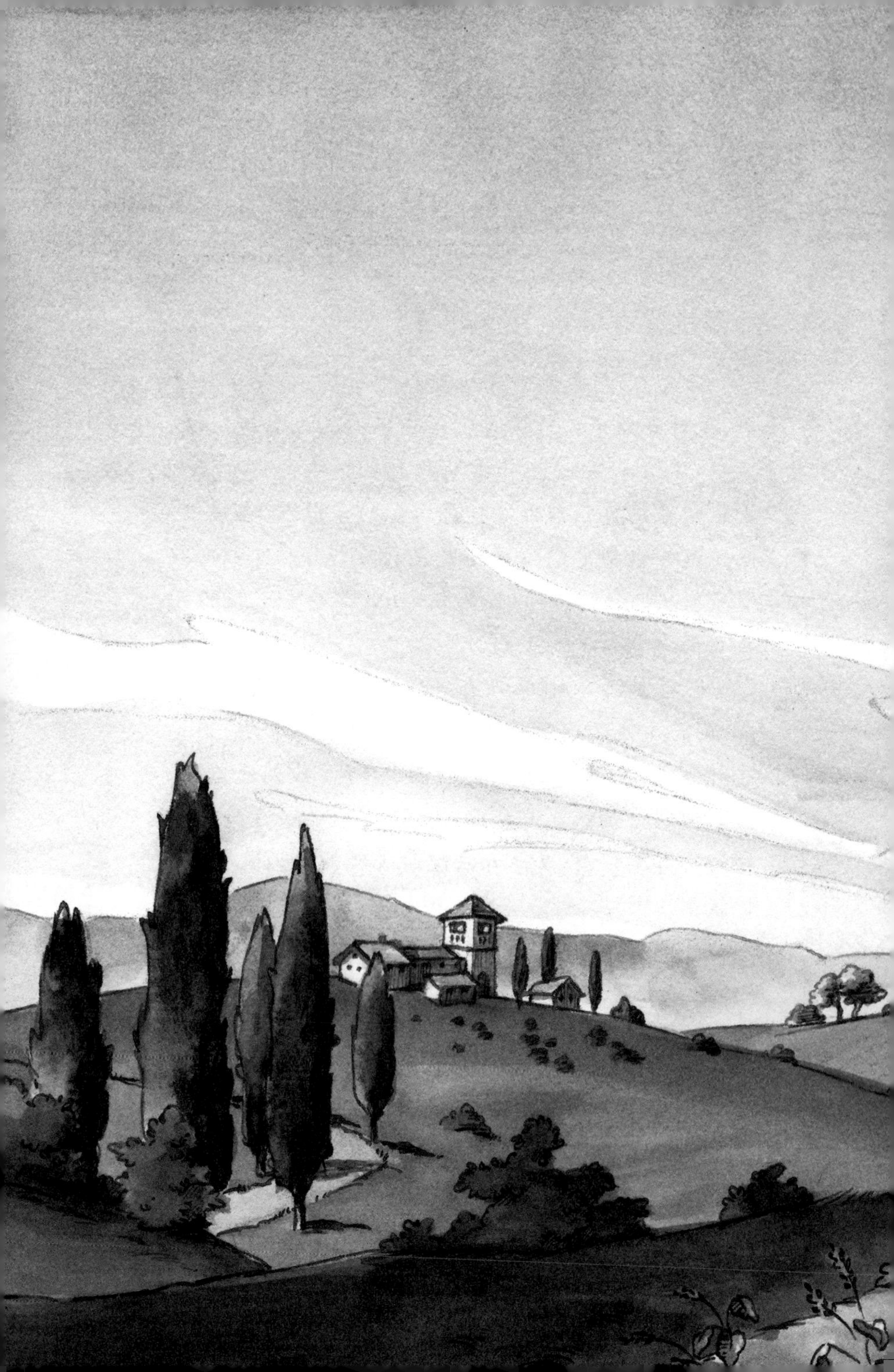

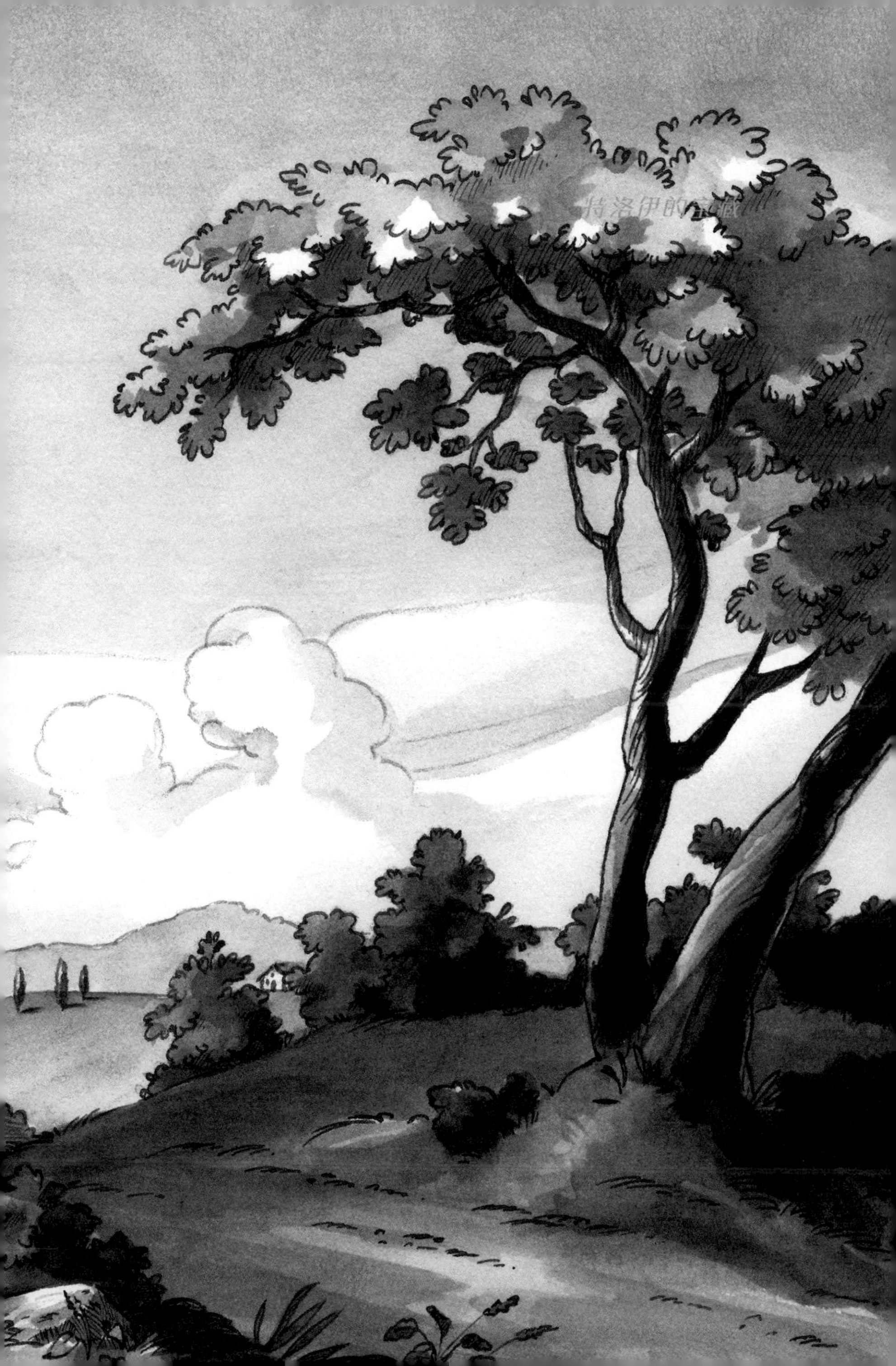